KB265723

마룡의 후예

송진용 新무협 판타지 소설

FANTASTIC ORIENTAL HEROES

마룡의 후예 3

송진용 新무협 판타지 소설

초판 1쇄 찍은 날 § 2010년 3월 17일
초판 1쇄 펴낸 날 § 2010년 3월 25일

지은이 § 송진용
펴낸이 § 서경석

편집장 § 문혜영
편집 § 서지현

펴낸곳 § 도서출판 청어람
등록번호 § 제1081-1-89호
등록일자 § 1999. 5. 31
어람번호 § 제2-1904호

주소 § 경기도 부천시 원미구 심곡2동 163-2 서경B/D 3F (우) 420-822
전화 § 032-656-4452 팩스 § 032-656-4453
http://www.chungeoram.com
E-mail § chungeoram@chungeoram.com

ⓒ 송진용, 2010

ISBN 978-89-251-2120-8 04810
ISBN 978-89-251-2086-7 (세트)

마룡의 후예

魔龍 後裔

송진용 新무협 판타지 소설

3

시련(試鍊)

도서출판 청어람

目次

第一章
호랑이를 기다리다

마룡의
후예

다들 지친 기색이 완연해서 단운도의 마음은 더욱 무겁기만
했다.

지난 이틀이 어떻게 지나갔는지 알 수가 없었다.

그만큼 정신없이 보냈던 것이다.

이곳까지 오는 동안 네 명이 합류했다. 황준보가 평소 짐꾼
으로 데리고 다니던 수하들이었다.

평소에는 충직한 짐꾼이자 종이었으므로 다들 그렇게 알고
있었는데, 병장기를 손에 쥐자 하나같이 고수 아닌 자가 없었
다.

열기구에서부터 운도와 동행했던 두 명의 청년은 궁술의 명
수들이었고, 열목진 어귀에서 합류한 네 명은 각기 절기를 숨

기고 있던 청년 고수들이었다.

처음 그들의 본색을 보았을 때 운도는 적잖게 놀랐지만 지금은 그걸 당연하게 여겼다.

청목산을 넘어갈 때 첫 매복에 걸려 무림맹의 고수들과 치열한 싸움을 했고, 그때에 강술이라는 청년 고수를 잃었다.

운도는 그 치열했던 싸움을 지금도 생생히 기억하고 있었다.

쾌도왕과 헤어져 황준보를 따라 은밀하게 이동해 가던 중에 맞닥뜨린 첫 번째 싸움이었으니 그렇다.

그때의 강술은 대단히 용맹했으며 장렬하게 죽었다.

그는 혼자서 무림맹의 고수 넷을 죽이고 한줄기 길을 뚫었으며 끝까지 그것을 지켜냈던 것이다.

그의 희생으로 나머지 사람들은 그 첫 번째 매복을 통과해 다시 한나절을 더 나아갈 수 있었다.

그리고 염천하를 건너 기어이 추격대와 조우했는데, 그들은 형산 아래 목염방(木鹽幇)에서 파송한 고수들이었다.

목염방은 형산 일대를 장악하고 있는 방회로서 무림맹에 속해 있었다.

그 목염방의 추격대는 일대의 지리에 대하여 누구보다 밝았으므로 그들을 따돌릴 수가 없었다.

황준보는 을랑곡 어귀에서 그들과 일전을 벌일 수밖에 없었다.

그 싸움에서 곽서문과 양추련이라는 두 명의 청년 고수를 또 잃었다.

그들이 미친 듯이 싸워 목염방의 추격대를 을랑곡 입구에 묶어두지 않았더라면 운도 일행은 무사히 그곳을 빠져나올 수 없었을 것이다.

그래서 이제는 세 명의 청년 고수만 남아 운도와 황준보를 호위하고 있었다.

그리고 지금 밖에는 백여 명의 고수들이 몰려와 대치하고 있는 중이었다.

모두 무림맹의 영향력 아래에 있는 호남무림의 고수들이었다.

아직 십천 중 누구도 오지 않았다는 게, 그리고 무림맹 호남 분타에서 급파했을 고수들이 도착하지 않았다는 게 불행 중 다행이라면 다행일 것이다.

그러나 이곳까지 추격해 온 고수들도 누구 하나 만만히 볼 자는 없었다.

돌집을 에워싸고 두 차례에 걸쳐 전면적으로 들이쳤던 그들의 공격은 맹렬했다.

그러나 천연적인 요새 안에 숨어 있는 것과 다름없는 황준보와 그의 수하 청년들을 죽일 수는 없었다.

세 청년이 죽기를 각오하고 용감하게 그들을 막아낸 결과 성급하게 공격해 왔던 자들은 십여 명의 사상자만 낸 채 아무런 성과도 얻지 못했다.

그러자 그들은 더 이상 공격할 생각이 사라진 듯 일제히 자작나무 숲으로 들어가 몸을 감추었다.

그들이 숨 돌릴 새 없이 들이치던 공세를 딱 멈추고 이처럼 침묵하는 건 기다리는 사람이 있기 때문일 것이다.

어쩌면 십천 중 누가 오고 있는 중이거나, 무림맹 호남 분타의 고수들이 오고 있는 중인지도 모른다.

그들이 도착하면 이제는 하늘을 나는 재주가 없는 한 이곳을 벗어날 수 없을 것이다.

독에 갇힌 것과 다름없는 상황에 처했건만 황준보는 여전히 태연하기만 했다.

조금도 초조해하거나 두려워하는 기색을 찾아볼 수 없는 것이, 자신의 처지를 까맣게 잊고 있는 사람 같았다.

운도는 황준보에게 무언가 대책이 있기 때문이라고 철석같이 믿었다.

그는 철저한 사람이고, 언제나 치밀한 계획 속에서 움직이는 사람이었다.

세상의 모든 일을 제 손바닥 보듯이 훤히 들여다보고 있는 사람이라는 게 운도의 생각이었다.

황피령 아래의 억새 벌판에서 그가 누구도 생각하지 못했던 기상천외한 방법으로 저와 쾌도왕을 구해냈던 일이 그런 믿음을 갖게 해주었다.

그 황준보가 저렇게 태연한 데에는 무언가 이유가 있을 것이다.

그런 믿음 때문에 운도 또한 제 처지를 걱정하지 않았다.

황준보와 함께 있으면 모든 게 순조로울 것이라고 굳게 믿는 것이다.

지금 그들은 조명산(鳥鳴山)이라고 하는 험한 산 중턱의 돌집 안에 갇혀 있었다.

형산 남쪽으로 이백여 리 떨어진 곳이다.

울창한 숲으로 둘러싸여 있고, 골짜기가 깊고 험하며 산세가 가파른 곳인데, 돌집은 사냥꾼들이 겨울을 나기 위해 지어 놓은 것이었다.

길고 깊은 계곡 위에 제법 넓은 평지가 있고, 그곳의 사방이 온통 아름드리 자작나무들로 둘러싸여 있었다.

뒤로 나갈 수도 없고, 앞으로 돌진해 갈 수도 없는 곤란한 상황을 맞았던 것이다.

갈 수 있다면 고작 왼쪽으로 높이 보이는 조명산 꼭대기로 달아날 수 있을 뿐이다.

하지만 그건 호구(虎口)로 뛰어드는 것과 마찬가지였다. 거기에서는 더 이상 갈 곳이 없을 것이기 때문이다.

"이놈들이 이렇게 신속하게 움직일 중이야. 제법인걸?"

밖을 기웃거리던 황준보가 남의 일 말하듯 그렇게 말하더니 운도를 돌아보았다.

운도는 축축한 돌벽에 등을 기대고 앉아 멍하니 허공을 바라보고 있는 중이었다.

"단 공자."

"예?"

운도가 꿈에서 깨어난 듯 화들짝 놀라 바라보았다.

황준보가 희미하게 미소 지었다.

"걱정이 되는가?"

"저는 다만 황 대인이 걱정될 뿐입니다. 아까운 수하들을 벌써 여러 명 잃었으니 그것도 미안한 일이고요."

"그들은 나를 따라 강호에 나왔을 때 이미 죽은 목숨이라고 여기고 있었으니 후회는 없을 걸세. 그들 스스로가 택한 일이니 더욱 그렇지. 아마도 저승에서 크게 기뻐하고 있을걸?"

"그럴 리가요……."

"흐흥, 혼자 죽은 게 아니고 무림맹의 고수라는 놈들을 한껏 놀라게 해주었으며, 그중 여러 놈을 저승으로 끌고 갔으니 기뻐하지 않았을 리가 없지."

운도의 얼굴이 문득 어두워졌다.

그들이 저 때문에 죽은 것이나 마찬가지라는 생각을 버릴 수 없었기 때문이다.

그들에 대한 고마움과 미안한 마음을 떨쳐 버릴 수가 없다.

죄지은 것 같은 기분이 된 운도가 고개를 푹 숙였다.

그런 마음의 이면에는 가치관에 대한 혼란도 컸다.

쾌도왕은 물론 장왕 진사곤과 황준보가 모두 마교의 십대천마로 불리는 자들이라는 걸 알고 나서부터 생긴 혼란이었다.

마교의 무리는 상종할 수 없는 악당들이고 그곳에 속한 고수들은 모두 대마인들이라는 게 세상에 널리 퍼진 믿음이었다. 그리고 평소 운도가 갖고 있던 생각이기도 했다.

그러니 마교의 무리와 이렇게 어울리고, 그들의 신세를 져도 되는 것일까? 하는 생각이 불쑥불쑥 들지 않을 수 없었다.

그러다가 또 자신의 그런 생각에 절로 코웃음을 치기도 했다.

'마교면 어떻고 아니면 어떻단 말이냐? 백도의 무리 중에 어디 진정한 인의 협사가 있더냐?

그런 생각을 하게 된 건 사부 등 선생에 대한 실망과 풍사곡에서 겪은 일들 때문이었다.

백도의 우상이라는 백도십천에 대해서 회의하게 되었는데 무림맹이야 더 말할 것도 없다.

그럴수록 마교의 대종사였다는 절대천마 풍약헌이 운도의 마음속에 진정한 영웅으로 자리 잡아갔다.

그런 사람이 이끌었던 마교가 백도보다 더 떳떳하고 당당할 것이라는 생각을 하지 않을 수 없다.

'검진삼협 위진평이나 사부인 등 선생보다 마교의 무리라고 불리는 사람들이 훨씬 인간적이지 않던가.'

쾌도왕이 그랬고, 장왕 진사곤이 그랬으며 여기 황 대인이 그렇다.

운도가 자신의 생각에 빠져 혼란스러워하고 있는데 황준보가 불쑥 묻고 대답했다.

"이 산 이름이 뭔지 아나? 바로 조명산이라네. 새들이 시끄럽게 울어대는 산이라는 말일세."

"……?"

“우리는 그 시끄럽게 울어대는 새들 한복판에 꼼짝없이 갇혀 있는 신세인 셈이지.”

“무슨 말씀인지 저는 잘…….”

“하하, 온갖 잡새들이 아무리 시끄럽게 지저귀어 봤자 조금도 겁낼 게 없다는 말일세. 호랑이가 한 번 포효하면 죄다 놀라서 달아나고 말 것들이니까.”

“호랑이라면…….”

“곧 알게 될 걸세. 저 시끄러운 잡새들을 쫓아내 줄 호랑이가 올 테니까.”

“아! 이곳에서 누군가를 만나기로 하신 거로군요?”

“하하, 내가 할 일 없이 이곳에서 이처럼 시간을 보내고 있겠나? 어때? 그래도 걱정이 되나?”

그는 운도가 불안해하고 있는 줄 아는 모양이었다. 후회하고 있다고 생각하는지도 모른다.

그래서 어떻게든 안심을 시켜주려는 것이다.

운도가 빙그레 웃었다.

“저는 황 대인을 믿습니다. 어떤 경우에도 황 대인과 함께 있으면 안전하리라는 걸 잘 알거든요.”

기분이 좋아진 황준보가 껄껄 웃었다.

“하하, 단 공자가 그렇게 말해주니 그동안의 내 삶이 보람있어지는군. 그렇지. 나만 믿고 있으면 되네.”

제 가슴을 두드리더니 그윽한 눈길로 운도를 바라보았다.

“혹시 계획이 어그러져 일이 잘못되어 우리가 이곳에서 다 죽는 한이 있어도 단 공자만은 안전하게 지켜줄 것이니 두려워하지 말게.”

운도가 한숨을 쉬었다.

“도대체 저에게 이렇게까지 하는 이유를 저는 아직도 모르겠습니다.”

“우리들의 미래를 걸었기 때문이지.”

“미래라고요?”

“한을 품고 쥐새끼처럼 어둠 속에서 숨어 사는 자들에게 희망이 있다면 무엇이겠나?”

“……”

“그렇게 만든 자에게 통쾌하게 복수를 하고 광명한 세상을 되찾는 것 아니겠나?”

“제가 그렇게 해줄 것이라고 믿는 겁니까?”

“그렇다네.”

“하―”

운도는 기가 막혔다.

저의 무엇을 보고 그러는 건지 몰라도 이건 너무 지나친 오해를 하고 있는 게 아닌가 싶기만 했다.

그런 운도의 마음을 안다는 듯 황준보가 다시 말했다.

“단 공자는 자기 자신에 대해서 나보다도 오히려 모르고 있을 걸세.”

“그 말씀은?”

“단 공자의 신상에는 아주 크고 무서운 비밀이 숨겨져 있다네."

"아! 그런데 어째서 제가 모르고 있을까요?"

"단 공자가 아직 그 모든 걸 감당할 만큼 성장하지 못했기 때문일세."

"제 운명이 마교의 중흥과 깊이 관련되어 있다는 말씀이지요?"

"그렇다네. 하지만 그렇게 되기까지는 커다란 시련을 겪어야 하지. 나는 단 공자가 그것도 잘 극복해 줄 것이라고 믿네."

"쳇, 제 신세 내력도 모르는 채 어디로 가는지도 모르고 이리저리 끌려다니는 지금보다 더 큰 시련이 또 있으리라고는 생각하지 않습니다."

원망 섞인 말에 황준보가 빙긋 웃었다.

"때로는 모르는 게 약이 될 때도 있는 법이라네. 알아서 괴로운 일이라면 굳이 알려고 할 필요가 없지. 단 공자가 그것을 충분히 감당할 만큼 성장하면 저절로 알게 될 일이니 조급해하지 말게."

운도는 이제 제 신세를 둘러싸고 커다란 비밀과 음모가 얽혀 있다는 걸 어렴풋이 짐작하고 있었다.

어쩌면 등 사부의 손에 키워진 것부터가 그 음모의 한 부분일지도 모른다고까지 생각한다.

그게 때로는 궁금해 미칠 지경이지만 누구도 그것에 대해서는 말해주려 하지 않았다.

때가 되면 절로 알게 될 뿐이라는 말이 이제는 얼마나 짜증스러운지 모른다.

"아직 아무런 기색이 없느냐?"

황준보가 묻자 서쪽 창 옆에 바짝 붙어 서서 바깥을 감시하고 있던 청년이 이상하다는 듯 고개를 갸웃거리며 대답했다.

"죄다 물러간 것처럼 조용합니다. 쥐새끼 한 마리 얼씬거리지 않는군요."

"호랑이가 오거나 늑대가 오는 모양이로군. 그러니 잡새들이 모두 숨 죽이고 있는 게지."

운도는 이처럼 평온한 시간이 길어지는 걸 내심 불안해하고 있었다.

폭풍이 몰아쳐 올 때가 가까웠다는 걸 예감할 수 있기 때문이다.

그러나 황준보는 이런 시간을 즐기는 것 같았다. 청년들에게도 충분히 휴식을 취하라고 권했으며, 지신도 낡은 닥자에 턱을 괴고 꾸벅꾸벅 졸았던 것이다.

다시 반 시진쯤 지났을 때 드디어 자작나무 숲에서 몇 사람이 걸어나왔다.

"옵니다!"

그쪽을 감시하고 있던 청년이 다급하게 말했다. 돌집의 정면이었다.

풀이 우거진 공터 복판으로 걸어나온 사람은 세 사람이었다.

한 명의 청수하게 생긴 장년의 사내와 두 명의 건장한 화상들이다.

창문으로 그들을 살펴본 황준보가 잔뜩 눈살을 찌푸리고 혀를 찼다.

"쯧쯧, 기어이 소림사의 화상들이 도착했구나."

아마도 호남성 무림맹 분타에 소림사를 대표해서 상주하고 있던 무승들일 것이다.

호기심으로 밖을 내다본 운도가 물었다.

"저들을 아시나요?"

"천하가 아무리 넓고 사람이 아무리 많다고 해도 두드러져 보이는 자가 있는 것 아니겠나? 저들 세 명이 바로 그런 자들이라네."

말을 하는 황준보의 얼굴이 여태까지와는 다르게 어두워졌다.

"호랑이가 먼저 올 줄 알았더니 늑대들이 먼저 왔구나."

"대체 누구인데 그럽니까?"

"저 사람은 호남의 유력한 세가인 양가장의 고수 중 한 명이라네. 양수라고 하는데 강호에는 섬전검으로 잘 알려져 있지. 대단한 고수야."

섬전검(閃電劍)이라는 외호를 들은 운도가 눈을 반짝였다.

"그는 쾌검의 고수인 모양이군요?"

"그렇다네."

"쾌도왕과 비교하면 어떨까요?"

"흥!"

그 말에 황준보가 코웃음을 쳤다.

"쾌도왕과 비교할 만한 자가 강호에 몇 명이나 있을까? 저 자가 아무리 쾌검의 달인으로 명성을 날린다고 해도 쾌도왕과 비교할 수는 없지."

자부심이 가득했다.

"저 두 중은 소림사 나한당의 고수들이라네. 철법과 철연이라고 하지."

운도는 소림사 나한당이 최고의 무승들이 모여 있는 곳이고, 그곳 출신의 무승들이 강호에서 혁혁한 명성을 날렸다는 걸 사부에게서 들은 적이 있었다.

과연 소림사의 무공이라는 게 어떤 것일까? 하는 궁금증으로 두 중을 유심히 바라보았다.

안색이 평온했고 기상은 늠름한 것이 과연 수양과 무공이 두루 깊은 고수라는 걸 한눈에 알아볼 수 있었디.

그들이 조금 더 가까이 다가오자 황준보가 여태까지와는 다르게 초조해하기 시작했다.

"포위한 놈들이 기다리고 있던 게 바로 저들 세 사람이었던 모양이다. 이거 야단났군."

안절부절못하는 그를 보면서 운도는 쾌도왕을 떠올리지 않을 수 없었다.

'같은 십대천마이면서 이렇게 다르구나.'

그런 생각이 절로 났다.

황준보 역시 마교의 십대천마를 계승한 사람이라는 걸 오는 동안 들어 알았던 것이다.

그 말을 들었을 때는 기대가 컸지만, 이곳까지 오면서 보아 온 그는 무공과는 거리가 먼 사람이었다.

그렇기 때문에 황준보 곁에 매서운 솜씨를 감춘 청년 고수 들이 항상 붙어 다녔던 것이다.

황준보는 십대천마 중에서 상왕(商王)을 계승한 사람이었 다.

과거의 상왕 왕자준이라면 강호제일의 거상이자 거부로 유 명했다.

마교의 재정이 그에 의해서 충당되었던 것이다.

그 상왕을 이어받은 황준보였기에 무공보다는 이재(理財)에 더욱 밝을 수밖에 없었다.

게다가 치밀하고 계획적인 점은 오히려 사부인 일대 상왕 왕자준보다 뛰어났다는 평을 들었다.

강호에서 오래 활동했지만 누구도 그의 정체를 알지 못한 것만 보아도 능히 짐작할 수 있다.

그러나 이제는 세상에서 이대 상왕 황준보를 모르는 사람이 없을 것이다.

"상왕!"

돌집 밖에서 카랑카랑한 음성이 들려왔다.

"그대가 마교의 상왕이라는 걸 안다."

섬전검 양수라는 사람이었다.

"이거 큰일 났군."

황준보가 다시 중얼거렸다.

자신을 지키고 있는 세 명의 수하 중 저 섬전검 양수를 상대할 만한 자가 없었던 것이다.

게다가 소림사의 두 화상까지 있으니 꼼짝없이 죽거나 사로잡힐 수밖에 없는 형편이었다.

"얼마나 버틸 수 있겠느냐?"

황준보의 말에 세 청년이 일제히 대답했다.

"얼마가 될지는 모르나 목숨이 끊어질 때까지 저들을 막아내겠습니다. 황 대인께서는 너무 염려 마소서."

"쯧쯧, 젊은 녀석들은 제 목숨을 너무 가볍게 여기는 경향이 있어. 그렇게 혈기대로만 뻗댈 일이 아니다."

나무라는 황준보의 얼굴에 그들에 대한 연민과 미안함이 가득했다.

"애써 목숨을 버릴 필요 없다. 그들이 돌집 안으로 들어오지 못하도록 막기만 하면 돼. 그러면 너희들 힘으로 한 시진쯤은 버틸 수 있을 것이다. 그 정도면 충분해."

"명심하겠습니다."

"아미타불."

이번에는 불호 소리가 들려왔다.

운도가 얼른 문틈에 눈을 붙이고 내다보니 눈썹이 짙은 장년의 화상이 합장을 하고 있었다.

철법이라고 하는 중이다.

"부처님의 자비는 만인에게 공평하다오. 상왕께서 칼을 버리고 항복한다면 목숨을 보존할 수 있을 것이오. 빈승이 보증하겠소이다.”

“흥, 웃기는 소리지.”

황준보가 내다보지도 않고 비웃었다. 하지만 그 말이 돌집 밖에까지 들렸을 리가 없다.

철법 화상이 다시 말했다.

“그러나 끝까지 대항한다면 누구 한 사람 살아서 이곳을 떠난다는 보장을 할 수 없소이다. 상왕은 현명하게 지금의 처지를 판단하여 처신하시는 게 좋을 것이오. 아미타불—”

여기저기 처절한 싸움의 흔적들이 남아 있는 돌집 주위를 둘러본 철법 화상이 혀를 차고 다시 말했다.

“생명은 누구에게나 소중한 것. 마교의 무리라고 다르겠소이까? 이게 마지막 기회이니 잘 생각해 보시기 바라오.”

핏—

그의 말이 끝나기 무섭게 강전 한 대가 화상의 미간을 향해 날아들었다.

“헛!”

그 빠름과 정확함에 놀란 철법 화상이 고개를 젖히며 다급히 몸을 틀었다.

아슬아슬하게 뺨을 스쳐 간 강전이 텅! 하고 나무등치에 박혀 부르르 떤다.

“그렇게 말을 했건만 알아듣지 못하다니. 역시 무지막지한 마교의 무리로구나!”

크게 화가 난 철법 화상이 버럭 소리쳤다.

그러자 섬전검 양수가 검을 뽑아 들며 코웃음을 쳤다.

"그러게 내가 뭐랬소? 소용없을 거라고 하지 않았소?"

그대로 몸을 날려 돌집을 덮쳐 가는데, 그 신속함이 눈부실 지경이었다.

"아미타불!"

큰 소리로 불호를 왼 철법과 철연 화상도 각기 좌우의 창문을 향해 몸을 날렸다.

승복 자락이 몇 번 펄럭이지 않아서 그들은 돌집의 지척에 이르렀다.

핏, 핏, 핏!

그리고 기다렸다는 듯 세 대의 강전이 거의 동시에 세 사람을 노리고 쏘아져 나왔다.

지척에서 맞는 강전은 그 무서움이 뼈에 시무칠 정도였다.

캉!

양수가 그 찰나의 순간에도 쾌검을 휘둘러 강전을 쳐냈는데, 윙윙거리는 소리가 한동안 허공에 남았다.

철법과 철연 화상도 철수신공(鐵袖神功)을 한껏 발휘해 강전을 쳐냈다.

철판처럼 단단해진 옷소매가 부챗살처럼 펴지자 후웅, 하는 웅장한 바람 소리가 났다.

강전은 그것을 뚫지 못하고 날카로운 소리를 내며 빗나갔다.

그리고 두어 걸음 옮기지 않았는데 다시 세 대의 강전이 쏘아져 나왔다.

열 걸음 앞에서 날아오는 화살의 위력은 지독해서 조금 전보다 배나 더 위험하고 무섭게 느껴졌다.

세 사람은 감히 검이나 옷소매를 휘둘러 그것을 쳐낼 엄두를 내지 못했다.

재빠른 운신법으로 겨우 피하고 나자 등줄기에 식은땀이 돋았다.

더 이상의 접근이 무리라는 걸 안 섬전검 양수가 훌쩍 뛰어 물러서며 부드득, 이를 갈았다.

안에는 상왕 황준보를 지키는 세 명의 무사가 있을 뿐이라고 들었다.

그것들쯤이야, 하고 자신했는데 몸소 나섰으면서도 일을 명쾌하게 마무리 짓지 못했으니 모욕감마저 느꼈으리라.

"안 되겠소. 그들이 돌집 안에 웅크리고 있는 한 잡기가 어렵겠소."

철법 화상의 말에 양수가 잔뜩 눈살을 찌푸렸다.

이쪽은 훤히 드러나 있고 저쪽은 단단한 돌집을 방패 삼아 숨어 있으니 불리하기 이루 말할 수 없다.

억지로 수하들을 몰아넣는다면 그들을 잡을 수야 있겠지만 막대한 피해를 입을 것이다. 그것도 자존심 상하는 일 아닌가.

잠시 생각하던 양수가 자작나무 숲에 있는 자들에게 크게 소리쳤다.

“즉시 내려가 스무 단지의 화주를 구해와라!”

우렁찬 대답 소리와 함께 십여 명의 무사들이 빠르게 산 아래로 달려 내려가는 모습이 아름드리나무 사이로 언뜻언뜻 보였다.

철법 화상이 머리를 갸웃거리며 물었다.

“아니, 이 판국에 술이라니? 취하기라도 할 작정이오?”

양수가 빙긋 웃는다.

“내게 다 생각이 있으니 구경이나 하시오.”

“대체 뭘 하려는 걸까요?”

돌집 안에서도 양수의 고함 소리를 들은 터라 궁금하게 여기지 않을 수 없다.

운도의 물음에 잠시 생각하던 황준보의 안색이 싹, 변했다.

“큰일 났다, 큰일 났어.”

“예?”

“그놈들이 화주를 구해오면 우리는 더 이상 버틸 수 없을 거네. 기어이 밖으로 나갈 수밖에 없는데 그건 쩍 벌린 늑대의 아가리 속으로 머리통을 들이미는 꼴이 되지 않겠나?”

“아!”

그의 말에 운도도 무엇을 생각했는지 놀란 소리를 냈다.

“그들은 우리를 태워 죽이려고 하는 거로군요?”

“그렇다네.”

화주는 독하기 이루 말할 수 없는 독주였다. 그것에 불을 붙이면 파란 불꽃을 일으키며 타오른다.

스무 단지의 화주를 일제히 던진다면 돌집 안은 물론 밖까지 온통 술을 뒤집어쓰지 않을 수 없는데, 그것에 불을 붙이면 끝장이다.

안에 있다가는 고스란히 통구이가 될 것이고, 밖으로 나갔다가는 저들이 쳐놓은 그물 속으로 뛰어드는 신세를 면치 못하게 된다.

황준보의 안색이 변하는 걸 본 세 명의 청년이 이를 악물었다.

"저희가 길을 뚫겠습니다. 대인께서는 단 공자와 함께 이곳을 떠나십시오."

"그렇게 할 수는 없어요!"

운도가 소리쳤다.

이곳에 오기까지 희생된 사람이 벌써 세 명이었다.

더 이상 자기를 위해 청년들이 희생되기를 원치 않았다.

얼굴도 모르고 이름도 모르는 사람들 아닌가.

아무 상관도 없는 사람들인데 오직 저를 이곳에서 무사히 떠나도록 해주기 위해 스스로 죽겠다는 건 더 이상 받아들일 수 없다.

"내가 밖으로 나가겠어요. 저들을 따라가는 대신 당신들을 무사히 떠나게 해달라고 부탁하지요."

"그건 단 공자가 아직 세상을 몰라서 하는 순진한 소리일세."

황준보가 즉각 반박했다.

"저들이 원하는 건 단 공자뿐만이 아니라네. 나까지도 함께 원하고 있지. 그러니 단 공자를 잡았다고 나를 놓아줄 리가 없네."

"이곳에서의 싸움이 치열해지면 저들에게도 많은 사상자가 나오겠지요. 그러니 싸우지 않고 저를 잡아갈 수 있다면 저들은 만족할 것입니다. 황 대인을 놓아 보냈다고 해도 아직 천라지망 안에 있을 테니 저들에게는 다음 기회를 노릴 수 있다는 희망이 있지 않겠습니까? 그러니 저의 제안을 받아들일 겁니다."

운도의 말은 확신에 차 있었다.

황준보는 그런 운도의 생각과 말에 감명을 받았다.

"단 공자의 협상 솜씨는 훌륭하군. 내가 저들의 입장이라고 해도 그 제안을 받아들일 수밖에 없겠어. 장차 니를 따라다니면서 장사를 배운다면 단 공자는 머지않아 나를 뛰어넘는 거상이 될 것이네. 게다가 인정이 많고 희생정신마저 갖추었으니 금상첨화이지. 나보다 그릇이 큰 게 틀림없어."

"제 말대로 하지 않으시겠다는 거로군요?"

운도는 황준보가 엉뚱한 말로 저를 치켜세워 주는 데에서 벌써 눈치를 챘다.

황준보가 유쾌하게 웃었다.

"하하, 단 공자를 속일 수 없겠군."

"그렇게 하는 게 지금으로서는 최선일 것 같습니다. 저들이 화주를 가지고 온다면 저의 그런 제안도 통하지 않을 테니 서두르는 게 좋겠군요.”

운도가 자리를 박차고 일어섰다. 옷을 털고 밖으로 나가려 하자 세 청년이 그의 앞을 가로막았다.

“차라리 저희가 목숨을 내놓을지언정 단 공자를 저들 손에 넘겨줄 수는 없소이다.”

황준보도 단호하게 말했다.

“그것보다는 내가 저들에게 투항하고 그 대신 단 공자를 보내라고 하는 게 나을 것 같군. 그렇게 하세.”

“황 대인!”

운도가 발을 굴렀다.

“제 목숨은 하나이지만 황 대인에게는 딸린 목숨이 셋이나 있지 않습니까? 목숨은 너나없이 소중한 것인데 저 하나 때문에 그렇게 할 수야 없지요.”

“때로는 하나인 그 목숨이 천만인의 목숨보다 귀할 때도 있는 거라네.”

“제가 어떻게 그런……”

“됐네. 서로 한 발짝도 양보할 수 없으니 우리 그냥 이곳에서 다 함께 죽기로 하세. 그러면 되겠지. 살아도 같이 살고 죽어도 같이 죽는 거야.”

황준보가 그답지 않게 고집을 부리는 것이어서 운도는 당황하고 말았다.

그러는 사이에 기어이 산 아래로 달려 내려갔던 십여 명의 무림맹 무사들이 독한 화주가 가득 들어 있는 술단지를 안고 돌아왔다.

이십여 개나 되는 그것을 늘어놓자 아직 밀랍 뚜껑을 벗겨 내지 않았는데도 불구하고 향기로운 주향이 온 숲에 퍼져 나갔다.

섬전검 양수가 앞으로 나서더니 껄껄 웃었다.

"마지막 기회를 주겠다. 열을 셀 동안 무기를 버리고 나와라. 그러면 목숨을 부지할 수 있겠지만 그렇지 않으면 그 안에서 통구이가 되는 수밖에. 하나, 둘—"

그가 거침없이 숫자를 세기 시작했다.

"설마 그가 약속을 지키지 않을 줄이야."

황준보가 낙담한 듯 탄식했다.

모든 희망을 누군가에게 걸고 그를 기다리고 있었는데 그것이 수포로 돌아간 모양이었다.

"열!"

밖에서 마지막 숫자를 세는 소리가 천둥소리처럼 들려왔다.

이제는 항복할 수도 없다.

第二章
뜻밖의 만남

마룡의 후예

와장창!

항아리 깨지는 요란한 소리가 사방에서 들려왔다.

그들이 기어이 돌집을 에워싸고 화주 항아리를 던져대기 시작했던 것이다.

그것들이 벽이며 지붕에 부딪쳐 돌집 전체를 독한 술로 씻어내듯 했는데, 그중 몇 단지는 창문을 뚫고 들어와 안에서 요란한 소리를 내며 박살이 났다.

그 통에 운도와 황준보, 그리고 세 명의 청년은 모두 독한 술을 뒤집어쓴 꼴이 되고 말았다.

향기로운 주향이 콧속으로 스며들어 폐를 뜨겁게 하고, 돌집 안팎이 온통 술 냄새로 가득 젖었다.

“좋은 술이구나, 좋은 술이야.”

황준보가 중얼거리며 혀를 내밀어 얼굴에 흐르는 술을 할짝거렸다.

“아깝다. 이 술 한 단지면 하루 밤을 마음껏 취해볼 수 있었을 텐데, 쩝—”

입맛까지 다시는 것이 이제는 완전히 체념한 사람 같았다.

창밖을 내다본 운도 또한 절망하지 않을 수 없었다.

섬전검 양수의 지시에 따라 몇 명의 무사들이 횃불을 만들어 들고 나왔던 것이다.

그것을 던지기만 하면 돌집은 화염에 휩싸일 것이다.

몸을 피할 곳도 없다.

땅을 파고 들어가기에도 이미 늦어 있었다.

“이대로 죽음을 기다리고 있느니 차라리 통쾌하게 싸우겠습니다!”

“그렇습니다! 저희가 뚫고 나가겠습니다!”

“대인께서 저희에게 베풀어주신 은혜를 갚을 때가 되었나 봅니다!”

세 청년이 각기 검을 뽑아 들고 비분강개해서 부르짖었다.

그들을 바라보는 황준보의 얼굴에 연민과 감동과 격정이 가득했다.

입술을 파르르 떨기만 할 뿐 말을 하지 못한다.

그의 생각에도 지금으로서는 그 길밖에 달리 방법을 찾을 수 없었다.

간절한 눈길을 황준보에게 던진 세 청년이 돌집 밖으로 뛰쳐나가려고 할 때였다.

"너희들은 지금 무엇을 하려는 것이냐?"

차갑고 엄중한 음성이 온 숲에 쩌르릉 울려 퍼졌다.

"왔다!"

그 음성을 들은 즉시 체념에 빠져 있던 황준보의 얼굴에 희망의 빛이 반짝였다.

"조금 늦기는 했지만 그래도 약속대로 와주었구나!"

뛸 듯이 기뻐하는 것이어서 운도는 얼른 문틈에 눈을 붙이고 밖을 내다보았다.

"억!"

저도 모르게 놀란 외침을 터뜨리게 된다.

한 사람을 보았기 때문이다.

싸늘한 인상에 갓이 넓은 죽립을 썼고, 검은 옷으로 몸을 감싼 위에 검은 장포를 걸치고 있는 마른 체형의 노인은 눈에 들어오지도 않았다.

운도의 커질 대로 커진 눈은 그 흑의노인 곁에 서 있는 한 사람의 아가씨에게 그대로 달라붙어 버렸다.

잊을 수 없는 얼굴.

그리고 잊을 수 없는 이름.

위서향.

그녀가 놀라고 당황한 얼굴로 주위를 두리번거리고 있었던 것이다.

"장 노사!"

흑의노인을 본 섬전검 양수와 철법, 철연 두 화상이 모두 크게 놀라 소리치며 급히 예를 취했다.

흑풍객 장하륜은 그들의 인사조차 받지 않았다.

더욱 싸늘해진 안광을 번쩍이며 횃불을 들고 있는 청년들을 노려볼 뿐이다.

그의 정체를 안 청년들이 사색이 되었다.

즉시 횃불을 바닥에 내던지고 무릎을 꿇는다.

문파와 방회가 같고 다르고 따위는 그들에게 문제가 되지 않았다.

십천의 일인.

흑풍객 장하륜이 눈앞에 있다는 것만이 두렵고 영광스러울 뿐이다.

백도의 하늘로 추앙받는 그들 열 사람 중 한 명을 이렇게 지척에서 볼 수 있는 기회가 또 있을 것인가.

자신들과는 다른 하늘을 이고 살아가는 열 명의 절대자 중 한 명인 흑풍객이 이처럼 불쑥 나타났다는 게 놀랍고 의아했다.

그건 섬전검 양수나 철법, 철연 두 화상도 다르지 않았다.

비록 자신들의 명성이 강호에 진동하고 있으나 흑풍객 장하륜 앞에서 내세울 만큼은 되지 않는다.

아니, 아예 없다고 해도 과언이 아닐 만큼 미미한 것에 지나지 않다.

"지금 무슨 짓을 하려는 거냐?"

그의 냉엄한 물음에 양수가 여전히 고개를 숙인 채 말했다.

"돌집 안에 마교의 상왕과 그 무리가 있습니다. 풍사곡주께서 찾으시는 단운도라는 아이도 함께 있지요. 그들이 끝내 항복하지 않으므로……."

"흥, 그래서 모두 불에 태워 죽이려고 했단 말이냐?"

"그들의 저항이 완강해서 사로잡으려 하면 이쪽의 피해가 커질……."

"너는 아직 내 말에 대답하지 않았다."

흑풍객 장하륜의 음성이 더욱 차가워지자 섬전검 양수의 이마에서 진땀이 배어나기 시작했다.

그는 장하륜의 성미가 어떤지 익히 들어 알고 있었다.

제 비위에 거슬리면 백도의 제자라고 해도 가차없이 죽여버리지 않던가.

그를 두고 적지 않은 사람들이 정사 중간의 인물이라고 평하는 데에는 그럴 만한 이유가 있는 것이다.

하지만 그는 엄연히 백도십천의 천주 중 한 명이었다. 한 문파의 장문인이라고 해도 그의 말에 감히 토를 달지 못한다.

양수가 머리를 더욱 조아린 채 겨우 말했다.

"그렇습니다. 하지만 이제 장 천주께서 오셨으니 분부에 따르겠습니다."

"그렇다면 기다려라."

코웃음을 친 장하륜이 성큼성큼 돌집을 향해 걸어갔다.

"내가 애간장이 타서 죽는 모습이 어떤 건지 궁금했던 모양
이군요?"

불만 어린 황준보의 말에 흑풍객 장하륜이 "음" 하고 건성
으로 고개를 끄덕였다.

그의 눈길은 한쪽에 쭈뼛거리며 서 있는 단운도에게 멎어
있었다.

"네가 화산 이릉운의 제자라는 그 단운도렷다?"

운도가 다부지게 대답했다.

"그렇습니다. 제가 단운도입니다. 하지만 그분이 사부인지
는 알 수 없습니다."

"무엇이? 네 사부가 이릉운이 아니란 말이냐?"

"저는 그분이 어떤 분인지 알지 못합니다. 제 사부님은 등
씨 성을 쓰셨습니다."

"흥!"

매섭게 코웃음을 치며 단운도를 노려본 장하륜이 이번에는
위서향을 향해 말했다.

"네가 그토록 보고 싶어하던 녀석이 저기 있다."

부끄러운 듯 고개를 푹 숙이고 있던 위서향이 운도를 힐끔
바라보고는 얼굴이 목덜미까지 빨갛게 달아오른 채 더욱 고개
를 숙였다.

그녀를 바라보는 운도의 가슴도 사정없이 쿵쾅거리고 있었
다.

심장이 터져 버리는 건 아닌가 하고 걱정이 될 정도였다.

"위 누이……."

그녀를 부르는 음성이 떨려 나왔다.

주춤, 그녀에게 다가가려던 운도가 이를 악물고 참았다.

생사가 어찌 될지 모르는 이때에 그녀에 대한 애틋한 마음을 드러낸다는 것도 그렇고, 그녀가 장왕을 죽였고 지금 저를 잡으려고 하는 위진평의 딸이라는 것도 마음에 걸렸던 것이다.

어쩌면 원수의 딸이 될지도 모르는 그녀라고 생각하자 가슴이 무거운 돌에 눌린 것처럼 답답해졌다.

무언가 간절히 바라는 눈으로 운도를 바라보던 위서향이 한숨을 쉬고 다시 고개를 숙였다.

때문에 그 큰 눈에 눈물이 글썽이는 걸 아무도 알아보지 못했다.

"저 아이를 데려오느라고 조금 늦었다네."

흑풍객의 말에 황준보가 빙그레 웃었다.

그는 비로소 안심이 되는 모양이었다.

"귀한 손님을 모셔올 줄 알았더라면 술뿐 아니라 좋은 안주도 준비했을 텐데 아쉽군요."

"자, 이제 내가 어떻게 해주면 되겠는가?"

"약속한 대로 상주하의 규 씨 조선장까지만 데려다 주시면 됩니다."

"그 이후는?"

"장 대협의 수고가 이미 충분하고 남을 지경인데 어찌 더 바랄 수 있겠습니까?"

"그래?"

"부족한 대로 소생이 알아서 처신합지요."

"좋아. 그렇게 결정하세."

흑풍객이 시원스럽게 말하고 모두를 둘러보았다.

"쯧쯧, 못난 것들 같으니."

운도와 위서향을 보더니 이마를 찌푸리며 혀를 차는 것이 못마땅한 기색이 역력했다.

"무슨 놈의 체면을 차리고 예의범절을 따지고 눈치를 본단 말이냐?"

서로를 애절하게 훔쳐보고만 있던 운도와 위서향이 동시에 얼굴을 붉히고 고개를 숙인다.

"내 감정에 충실할 줄 모르는 자는 남의 사정을 살펴줄 줄도 모르는 법이다. 그런 자를 이기적인 자라고 하지."

거침없이 위서향의 손을 잡은 흑풍객이 그녀를 이끌고 운도 앞으로 성큼성큼 다가갔다.

"잡아라."

그녀의 손을 운도의 손에 억지로 쥐어준다.

"그렇지. 훨씬 보기 좋구나."

그가 희미한 미소를 지었다.

운도와 위서향은 온몸에 흐르는 짜릿한 전류 때문에 정신이 혼미해질 지경이었다.

흑풍객이 고개마저 끄덕이며 다시 말했다.

"그렇게 살아라. 세상 모든 걸 다 무시해도 좋아. 너희들의 감정에 충실하면 그게 행복이고 기쁨이니라."

그 말에 용기를 얻은 듯, 아니면 위서향의 손을 잡자 충동을 더 이상 이길 수 없었던 듯 운도가 와락 그녀를 끌어당겨 품에 안았다.

"어머, 어머!"

위서향이 깜짝 놀라 비명을 터뜨렸지만 운도의 가슴을 밀어내지 못했다.

"아하하하— 보기 좋구나."

커다랗게 웃음을 터뜨리는 흑풍객을 보면서 황준보는 어리둥절해지고 말았다.

'아니, 저 괴팍한 양반이 웃지 않는가?

언제나 싸늘한 서리를 한 겹 두른 듯한 얼굴을 하고 있는 흑풍객 장하륜이었다.

그의 얼굴에서 미소를 보고 그의 웃음소리를 듣기가 죽은 부모를 다시 만나보는 것보다 어렵다는 게 세상에 널리 알려진 말이었다.

그런 흑풍객의 유쾌한 웃음소리를 들었으니 어리둥절해지지 않을 수 없다.

"가자."

언제 그랬느냐는 듯 다시 평소의 무표정하고 싸늘한 안색을 되찾은 흑풍객이 앞서서 돌집 밖으로 나갔다.

“막을 테냐?”

“저희들이 어찌 감히……”

냉엄한 흑풍객의 눈길 앞에서 양수와 소림사의 두 화상은 체념할 수밖에 없었다.

좌우로 비켜서서 길을 열어준다.

흑풍객과 단운도, 황준보와 그의 수하들이 떠나는 걸 멍하니 바라보고 있던 양수가 한숨을 내쉬었다.

“휴— 닭 쫓던 개 지붕 쳐다보는 꼴이 바로 이런 것이로구나.”

“아미타불—”

소림사의 두 화상도 떫은 감 씹은 얼굴을 한 채 멀어지는 그들을 바라보다가 한숨을 내쉬었다.

다시 한 번 탄식한 양수가 뒤에 있는 수하들에게 신경질적으로 소리쳤다.

“어서 전서구를 날려! 장 천주가 그들과 합류했다!”

*　　　*　　　*

유람이라도 나온 사람들처럼 한가롭게 조명산을 내려온 운도 일행 앞에 넓은 벌판이 나타났다.

자갈이 가득 덮여 있어서 논으로는 물론 밭으로도 쓰지 못하는 황무지였다.

억센 잡초들만 무성하게 자란 그곳을 지나야 상주하(狀舟河)에 이를 수 있다.

그것은 호남을 길게 가로질러 동정호로 흘러드는 상강(湘江)의 지류로서 귀주에서 발원해 흘러내려 와 상담진(湘潭津)에서 상강과 합류한다.

잠시 끝없이 펼쳐진 황무지를 바라보던 흑풍객이 성큼성큼 그곳을 향해 나아갔고, 황준보 등도 서두르는 걸음으로 그 뒤를 따랐다.

운도는 여전히 위서향의 손을 잡은 채 그들의 맨 뒤를 따르고 있었다.

위서향의 얼굴은 그때까지도 붉어져 있었다. 그러나 운도의 손에서 제 손을 뺄 생각은 없었다.

아니, 오히려 그녀가 운도의 손을 힘주어 꼭 잡고 있었다.

두 사람은 가슴이 여전히 쿵쾅거리고 입술이 바작바작 마르기만 해서 아무 말도 할 수가 없었다.

"나는 네가 그렇게 떠났다는 걸 아직도 믿을 수 없어."

위서향이 떨리는 마음을 억누르고 겨우 말했다.

운도의 얼굴에 슬프고 안타까운 기색이 어렸다.

위서향이 용기를 내어 다시 말했다.

"말해봐. 정말 마교와 연관이 있었던 거니? 처음부터?"

"나도 몰라. 하지만 그런 것 같아."

"네 일을 네가 모른다니 그런 말이 어디 있어? 나는 너의 솔직한 말을 듣고 싶어."

“사실이야. 과거에는 어땠는지 모르지만 지금의 내 솔직한 마음은 차라리 마교를 택하겠다는 거야.”

“뭐라고?”

위서향이 깜짝 놀라 눈을 휘둥그레 뜨고 운도를 빤히 바라보았다.

운도가 그녀의 시선을 외면한 채 말했다.

“나는 이제 십천의 후예라는 껍질을 벗어던질 거야. 십천지주 따위는 이제 아무 관심도 없어.”

“아.”

위서향의 안색이 창백해졌다. 운도를 꼭 잡고 있는 손이 가늘게 떨린다.

운도가 애써 무심함을 가장한 채 말했다.

“풍사곡주께서는 이제 나를 죽이려고 하실 거야. 내가 마교와 인연을 맺었으니 곡주님과는 원수가 된 거지.”

그러니 너와도 그렇지 않겠느냐는 듯 애절한 눈으로 바라본다.

위서향이 곧 울 것 같은 얼굴이 되어 발을 동동 굴렀다.

그녀로서는 운도가 이렇게 변한 게 안타깝기 짝이 없는 일이었다.

그의 마음을 돌려놓을 수만 있다면 뭐든 할 수 있다는 간절한 마음이 되었다.

하지만 지금 그녀가 할 수 있는 건 고작 몇 마디 말로 타이르는 것뿐이었다.

"너, 너, 어떻게 그런 생각을…… 마교가 얼마나 사악하고 무서운 집단인지 몰라서 그러는 거니? 네 스스로를 타락시켜서는 안 돼."

"흥, 그들은 오히려 인간적이고 호쾌했어. 하지만 풍사곡의 사람들은 그렇지 않았지."

"……"

거기에 대해서는 위서향도 할 말이 없었다. 묵묵히 운도의 말을 들을 뿐이다.

"이제는 풍사곡은 물론 백도십천이 모두 미울 뿐이야. 나는 그들보다 마교의 사람들이 더 당당하고 떳떳하다고 믿어."

"아!"

위서향은 운도가 어린 마음에 아직 사리 판단을 제대로 하지 못해서 그런 거라고 믿고 싶었다.

풍사곡에 온 뒤로 그가 따뜻한 정을 한 번두 받아보지 못했다고 생각하자 운도에 대한 연민에 가슴이 아팠다.

'나라도 좀 더 잘 대해줄 것을……'

뒤늦게 그런 후회가 밀물처럼 밀려들었다.

하지만 풍사곡에서는 사형들과 다른 사람들의 눈을 의식해서 그렇게 하지 못했다.

근엄하신 아버지에게 들킬까 봐 언제나 마음이 조마조마해서 마음 놓고 운도를 찾아보지도 못했지 않던가.

'좀 더 함께 놀아주고, 좀 더 따뜻한 관심을 보여주지 못해서 그래. 다른 사람들이 뭐라고 하든지 운도에게 내 마음을 솔

직하게 전했어야만 했어.'

위서향은 운도가 이렇게 변한 게 제 탓이라고 여겼다.

아버지와 다른 사람들과 심지어는 청향의 눈치까지 보느라고, 그들의 시선을 두려워해서 제 마음을 감추기만 했던 게 그렇게 후회될 수가 없다.

운도가 한 번 이렇게 떠나면 영영 돌아오지 않을 것이라고 생각하자 더욱 그랬다.

'붙잡아야 해.'

마음속에는 그런 간절함이 가득하지만 어떻게 해야 할지 알 수가 없다.

어떻게 해야 운도의 마음을 되돌려놓을 수 있는 건지 누가 가르쳐 주기라도 했으면 좋겠다고 생각한다.

"미안해."

그런 위서향의 마음을 아는지 모르는지 운도가 부드럽게 말했다.

"나 때문에 마음 아파하지 마. 그건 내가 원하는 게 아니야."

"어떻게 내 마음이 아프지 않을 수 있겠니? 너를 이렇게 보내고 나면 다시는 볼 수 없게 될지도 모르는데……."

"사부님이 그러셨지. 무정무한이라고. 그 말씀을 따랐어야 하는 건데 그만 위 누이를 본 순간 까맣게 잊어버리고 말았어. 그럴 수밖에 없었던 거야."

운도의 솔직한 말에 위서향이 얼굴을 붉혔다.

가슴이 콩닥거리고 뛰는 소리가 제 귀에 들린다.

잠시 사이를 두었던 운도가 한숨과 함께 말했다.

"그래서 이런 날이 닥치자 나는 물론 위 누이도 가슴 아파하고 한을 남기게 되었으니 다 내 탓이지 뭐야."

"그런 말 하지 마. 내가 솔직하지 못해서 그래."

위서향도 자신의 진심을 숨기지 않고 말했다. 울먹이는 것도 같았다.

"내 마음과 감정에 솔직했어야 하는 건데 그러지 못했어. 그래서 너를 이처럼 마의 수렁에 빠지게 하고 말았으니 나야말로 정말 미안하구나."

"아니, 거듭 말하지만 그것 때문이라면 미안해할 것 없어. 나는 풍사곡이나 십천의 어떤 곳보다 마교와 함께 있는 게 더 편하고 좋으니까. 그러니 이건 내가 원해서 이렇게 된 일이라고 생각하도록 해, 절대로 위 누이 때문이 아니야."

운도의 말이 진심이라는 걸 느꼈지만 위서향은 그래도 운도가 마교에 빠지게 된 데에는 아버지와 사형들이 그를 그렇게 되도록 떠밀었기 때문이라는 생각을 떨쳐 버릴 수 없었다.

그들이 운도에게 좀 더 다정하게 대해주고, 운도를 위해 도움을 주었더라면 운도는 그 고마움을 잊지 않았을 것이다.

그랬다면 마교에서 아무리 유혹의 손길을 뻗쳐 왔다고 해도 운도가 이처럼 쉽게 그들에게 넘어갔을 리가 없다.

그런 생각이 위서향의 가슴을 억눌렀다.

운도에게 큰 죄를 지은 것처럼 여겨져 미안하고 부끄럽기만 하다.

고개를 푹 숙인 채 아무 말도 하지 못하고 있는 위서향의 귀에 운도의 말이 다시 들려왔다.

"대사형은? 그는 쫓겨나지 않았어?"

"응? 응……."

"그랬구나. 하긴 나에게 진 게 뭐 그리 큰일이겠어? 나는 괜한 걱정을 했었구나."

"대사형이 아버지의 노여움을 사서 쫓겨날까 봐 걱정했구나?"

"그렇게 된다면 내가 그를 쫓아낸 거나 마찬가지잖아. 그에게 정말 미안한 일이지."

'운도는 절대로 마교의 마인이 될 수 없어.'

운도의 말에서 위서향은 그런 확신을 가졌다. 이처럼 따뜻한 마음을 가진 소년이 어찌 사악한 무리와 어울릴 것인가.

절망 중에도 한 가닥 희망이 생겼다.

그녀가 운도의 손을 꼭 잡으며 기뻐했다.

"네 마음이 그렇다는 걸 알면 대사형도 기뻐할 거야. 그는 원래 속이 좁은 사람이 아니거든. 다만 질투 때문에 그랬을 뿐이야."

그 말을 하는 얼굴이 빨갛게 달아오른다.

운도가 울 듯한 얼굴을 하고 말했다.

"이제 우리는 곧 헤어지게 될 거야. 하지만 어디에 있든지 위 누이를 잊지 않겠어."

"나도 그래."

운도와 위서향이 서로를 빤히 바라보았다.

그 눈 속에 슬픔과 안타까움이 가득하다는 걸 서로 절실히 느낀다.

그러나 그것뿐이었다.

더 이상 무얼 어떻게 해야 할지 두 사람은 알지 못했고, 그럴 수도 없었다.

벌판 저 끝에서 먼지구름이 가득 피어오르고, 지축을 흔들어대는 웅장한 말발굽 소리들이 들려오기 시작했던 것이다.

흑풍객 장하륜을 선두로 해서 황준보 등이 벌판 한복판에 우뚝 멈추어 섰다.

지평선에 길게 벽을 쌓은 것처럼 수많은 말들이 늘어서서 질주해 오고 있었다.

수백 필은 되어 보이는 그 숫자 앞에서 어지간히 느긋한 황준보조차 새파랗게 질리고 말았다. 그러니 다른 사람들이야 말할 것도 없다.

운도와 위서향은 손을 더욱 꼭 잡은 채 몸을 떨었고, 황준보의 수하 세 청년은 각기 검과 강궁을 손에 쥐고 잔뜩 긴장하여 앞을 노려보았다.

오직 흑풍객 장하륜만이 태연할 뿐이었다.

그의 안색은 더욱 싸늘해졌고, 입가에 얇은 비웃음마저 띠고 있어서 한껏 도도해 보였다.

그들과 일백여 장 떨어진 곳에서 말들이 일제히 멈추어 서는 것 같더니 무리 속에서 "으합!" 하는 한소리 호통이 터졌다. 그러자 기마 무사들이 일사불란하게 움직여 좌우로 갈라져 나간다.

흑풍객과 황준보 등을 앞에 두고 반월형의 진을 펼친 것이다.

무림맹의 깃발이 펄럭이고, 그곳의 복장을 한 무사들이 번쩍이는 눈으로 이쪽을 바라보았는데, 팽배해 있는 적의가 고스란히 느껴졌다.

무림맹의 무사들 속에서 세 사람이 천천히 말을 몰아 나왔다.

기마진과 흑풍객의 중간쯤에 멈추어 서더니 움직이지 않는다.

그들을 바라본 흑풍객이 "흥" 하고 낮게 코웃음을 쳤고, 황준보는 얼이 빠진 것처럼 중얼거렸다.

"이정청, 나긍필, 염보량!"

그들은 하나같이 오래전부터 무림의 강자로 군림하고 있는 백도의 명숙들이었다.

감숙에 있는 백타방(白駝幇)의 공동 방주이기도 하다.

그들은 각기 장법과 검법, 편법에 능통한 고수들로서 늘 함께 행동했으므로 강호에서는 그들을 두고 백타삼걸(白駝三傑)이라고 했다.

그들이 무림맹에 투신했다는 소문은 들었는데 설마 이 먼 호남에 와 있을 줄 몰랐던 황준보로서는 당황스런 일이기만 했다.

그들, 백타삼걸은 호남 분타의 세 호법 직을 맡고 있었다. 분타주가 소림사의 고승 나불(羅佛) 화상이고 그 아래에 세 명의 호법과 다섯 명의 향주가 있는 것이다.

앞서 돌집에 왔던 섬전검 양수는 그 다섯 향주들 중 한 명이고, 철법과 철연은 사부인 나불 화상을 따라 호남 분타에 와 있는 중이었다.

그들이 비록 무서운 고수들이지만 그 명성이나 실력에 있어서 백타삼걸만은 못했다.

백타삼걸이 말 위에 거만하게 앉은 채 황준보 일행을 바라보더니 고개를 갸웃거렸다.

황준보 등은 안중에도 두지 않는데, 오직 앞에 버티고 서 있는 흑의노인이 마음에 걸린다는 듯했다.

그들은 저 먼 변방 감숙 땅을 근거지로 삼고 살아온 사람들이었다.

중원에 들어온 적이 거의 없었으므로 흑풍객 장하륜의 이름은 귀에 굳은살이 박힐 정도로 들었으나 그를 직접 만나본 적은 없었다.

그래서 눈앞의 흑의노인이 누구인지 모르나 느껴지는 기도가 심상치 않은 데에 적잖이 놀라고 있었다.

게다가 자신들과 이 많은 무림맹의 기마 무사들 앞에서도 조금도 위축된 기색이 없지 않은가.

오히려 오만하고 냉엄한 기운을 풀풀 날리며 버티고 서 있으니 더욱 수상쩍다는 생각이 든다.

"너는 누구냐?"

백타삼걸의 맏이인 백타신권(白駝神拳) 이정청(李丁晴)이 침중한 음성으로 물었다.

"흥!"

흑풍객 장하륜의 코웃음 소리가 대답으로 돌아온다.

이정청의 얼굴에 노기가 떠올랐다.

다른 때 같았으면 벌써 일권을 쳐내고 보았을 것이나 이정청은 그렇게 하지 못했다.

고수의 진정한 면모는 고수만이 제대로 알아볼 수 있는 법이다.

굳이 손을 섞고 병장기를 부딪쳐 보고 난 뒤에야 상대를 알아보는 건 하수들이나 하는 짓이다.

이정청은 등줄기가 서늘해지도록 긴장했다.

하지만 언제까지 탐색만 하고 있을 수는 없지 않은가.

이쪽은 이백여 명에 달하는 무림맹의 무사들이 있다.

그걸 생각하자 용기가 생겼다.

뱃심을 든든히 한 이정청이 마편(馬鞭)을 들어 흑풍객을 가리키며 소리쳤다.

"병장기를 내려놓고 무릎을 꿇어라! 그렇게 하면 목숨은 건질 수 있을 것이다!"

돌아온 건 흑풍객의 커다란 비웃음이었다.

"너희들에게 과연 그렇게 할 만한 재주가 있는지 보자."

이정청 등을 노려보는 눈길에서 싸늘한 빛이 번쩍였다.

흑풍객 장하륜을 아는 사람이라면 그의 가슴속에 살기가 들끓고 있다는 걸 눈치챘을 것이지만 이정청 등은 그렇지 못했다.

이정청이 다시 위협적으로 소리쳤다.

"말을 듣지 않는다면 네가 누구이든 상관없다. 저 마교의 무리들과 함께 목을 쳐버릴 뿐이다!"

"하하하— 통쾌하구나! 아직도 나에게 이런 말을 하는 자가 있을 줄이야! 하하하—"

흑풍객이 허리마저 뒤로 젖히며 유쾌하게 웃어댔다.

그의 그러한 오만함은 이정청 등의 자존심을 건드리고도 남을 정도였다.

부드득, 이를 간 이정청이 그대로 말을 몰아 짓쳐 들어가려고 등자에 걸친 두 발을 움찔거렸을 때였다.

"아무도 움직이지 마라!"

저쪽에서 뇌성벽력 같은 고함 소리가 들려왔다.

온 들판이 쩌르릉 울리는 어마어마한 소리였다.

그것에 깃들어 있는 내공의 심후함에 이정청 등은 깜짝 놀라 몸을 굳혔다.

우두두두—

급히 달려오는 말발굽 소리가 그제야 들려왔다.

멀찍이 떨어져 반원진을 치고 있던 무림맹의 고수들이 웅성거리는 소리도 들려오고, 놀란 말들이 히히힝거리며 이리저리 움직이느라고 소란스러워진 기척도 생생하게 느껴진다.

뒤를 돌아본 이정청이 눈을 부릅떴다.

무림맹의 무사들이 좌우로 쫙 갈라지고 있었던 것이다. 그 사이로 두 사람의 노인이 맹렬하게 말을 몰아 달려나오고 있었다.

"섣불리 나서지 마라!"

좌측, 도사 복장을 한 노인이 흰 수염을 휘날리며 또다시 포효 같은 노성을 터뜨렸다.

고막이 먹먹해지는 웅장한 외침이었다.

오른쪽의 노인은 갈색 장포를 걸치고 머리에 붉은 띠를 둘렀는데, 건장한 체구였다.

그들을 본 이정청 등이 깜짝 놀라 급히 말에서 뛰어내렸다.

"천주를 뵈오!"

세 명이 동시에 말하며 즉시 한 무릎을 꿇어 최대한의 경의를 표한다.

히히히힝―

두 필의 검은 말이 그들 앞에서 두 발을 높이 들고 우렁차게 울었다.

먼 길을 쉬지 않고 달려온 듯 온몸에 땀이 번들거리고, 흥분으로 인해 거칠어진 숨을 풀무질하듯 내쉰다.

훌쩍 말에서 뛰어내리는 두 사람은 백도십천 중의 두 천주였다.

도사 복장을 한 사람이 무당의 진양자(進陽子) 담옥천(潭玉

泉)이고, 갈색 장포의 노인은 을목장주(乙木莊主) 관패호(關覇
虎)다.

관패호는 그의 본거지인 을목장이 호남에 있으니 누구보다
먼저 무림맹 호남 분타의 연락을 받았던 것이다.

그 즉시 지난 며칠 동안 쉬지 않고 달려온 것이 분명했다.

호북의 무당산에 칩거하고 있던 진양자는 마침 을목장에 찾
아와 머물고 있던 터라 관패호를 따라나설 수 있었다.

그들은 마교의 십대천마들이 다시 출몰했다는 말에 크게 놀
라 쉴 새도 없이 무림맹 호남 분타를 향해 가고 있던 중이었다.

그러던 중 도중에 무림맹의 무사들이 이곳에서 그들을 잡을
것이라는 말을 듣고 곧장 이리로 온 길이었다.

한눈에 상황을 파악한 을목장주 관패호가 백타삼걸을 무섭
게 꾸짖었다.

"너희들은 눈이 있어도 보지를 못하는구나! 목숨을 데여섯
개씩 여벌로 가지고 다니기라도 한단 말이냐?"

"무슨 말씀이신지……."

"썩 비키지 못할까!"

관패호의 노기 가득한 호령에 백타삼걸은 주춤주춤 물러설
수밖에 없었다.

"장 형, 오랜만이외다."

그제야 관패호가 진양자와 함께 앞으로 나서서 포권했다.

진양자가 만면에 친근한 미소를 피워 올리며 말했다.

"무량수불. 그때 장 형과 헤어진 이후 통 볼 기회가 없었으

니 무려 십오 년 만에 다시 보는구려. 반갑소이다."

오만하기 이루 말할 수 없는 흑풍객이지만 진양자와 관패호 앞에서마저 그럴 수는 없었다.

그가 가볍게 포권했다.

"두 분은 그때나 지금이나 여전하시구려. 잘들 지내셨으리라 믿소."

저만큼 떨어진 곳에서 그들의 말을 듣던 백타삼걸의 낯빛이 핼쑥해졌다.

금방 핏기가 사라져 창백해진다.

"허억! 저, 저 흑의노인이 그럼……!"

"흑풍객 장하륜, 장 천주였을 줄이야!"

"아, 실로 위험했구나, 위험했어."

그들은 자신들을 향해 눈이 있으나 마나 한 것들이라고 꾸짖었던 관패호의 말을 비로소 이해했다.

가슴이 서늘해지다 못해 온몸이 경직된다.

관패호와 진양자가 한 걸음만 늦게 도착했어도 자신들은 이미 이 황량한 벌판에 누운 주검이 되어 있었을 것이라고 생각하자 등골이 오싹해졌다.

호남의 이 황량한 벌판에 백도의 십천 중 삼천이 모였다는 건 온 무림이 경악할 만한 일이었다.

第三章
운명이라는 것

마룡의
후예

백도의 세 하늘은 품 자(品字)의 형태로 마주 선 채 서로를
바라보기만 했다.

긴장이 점점 팽배해져 가더니 드디어는 드넓은 벌판을 온통
서릿발처럼 뒤덮었다.

그렇게 조마조마하고 무거운 침묵이 얼마나 지속되었을까.

무당의 검선으로 불리는 진양자 담옥천이 느릿느릿 말을 꺼
냈다.

"이곳으로 오는 도중에 장 형이 그들과 함께 있다는 보고를
받았다오. 믿지 않았지."

곁에서 을목장주 관패호가 침중한 얼굴로 고개를 끄덕였고,
담옥천이 다시 말했다.

"거듭 세 번을 그와 같은 보고를 받고서야 조금은 믿게 되었지 뭐요. 조명산의 돌집에서 저들을 구해간 사람이 장 형이라던 말이 사실이었구려. 하—"

"흥."

흑풍객이 냉랭한 코웃음으로 그의 말에 시인했다.

담옥천이 얼굴 가득 곤혹스러워하는 표정을 떠올린 채 물었다.

"대체 어찌 된 일이오? 나는 장 형이 설마 마교의 무리와 손을 잡았다고는 믿지 않소."

흑풍객이 다시 냉랭한 코웃음을 치고 나서 비로소 입을 열었다.

"그 말은 그럴지도 모른다고 의심한다는 것이로군?"

"나는 다만 장 형에게 어떤 사연이 있기에 그들을 이토록 감싸고 있는 건지 궁금할 뿐이라오."

지그시 진양자 담옥천과 관패호를 바라보던 흑풍객이 던지듯 말했다.

"당신들은 설마 그날 그와 한 약속을 잊은 건 아니겠지?"

"약속?"

관패호가 어리둥절하여 눈을 휘둥그레 떴고, 담옥천은 안색이 창백해져서 비틀, 하고 한 걸음 물러섰다.

"아! 그렇구려. 그와 맺은 약속이 있었지. 그럼, 그럼 장 형은……."

"내 물건을 돌려받기로 했소."

“아!”

그 말에 관패호마저도 어깨를 부르르 떨 만큼 놀라 탄성을 토해냈다.

담옥천과 관패호는 동시에 자신들의 신물을 생각하고 있었다.

그날, 모악산 천궁봉에서 절대천마 풍약헌과 싸웠던 그날을 어찌 잊을 것인가.

그들 백도의 십천은 그에게 모두 패해 각자의 신물을 빼앗겨야 했다.

그것을 되찾으려면 언제든 신물을 제시하는 사람의 한 가지 부탁을 들어주어야 하지 않던가.

그런 맹약을 떠올린 관패호와 담옥천은 다시 그날의 그 수치스러웠던 일이 떠올라 진저리를 치지 않을 수 없었다.

관패호가 창백해진 얼굴을 한 채 주춤주춤 앞으로 나섰다.

“그럼, 그럼 장 형은 당신의 물건을 받게 되는 거요?”

그의 음성이 사뭇 떨려 나왔다. 마음의 격동을 가까스로 참고 있는 것이다.

“그렇소.”

흑풍객의 대답은 간단했고, 그다음 말은 단호했다.

“그대들 두 사람은 정말 나를 막을 작정이오?”

똑같은 사정을 지녔고, 똑같은 처지인데 내 마음을 이해해 줄 수 있지 않느냐는 뜻이 차갑고 호전적인 그 말속에 들어 있었다.

흑풍객의 성품을 잘 아는 관패호나 담옥천은 즉각 그 의미를 이해했다.

그들의 얼굴이 어두워졌다.

잠시 침묵을 지키던 관패호가 다시 말했다.

"상왕에게 내가 물어볼 말이 있는데 괜찮겠소?"

흑풍객이 말없이 옆으로 비켜섰다.

관패호가 한 걸음 더 나와 이글거리는 눈으로 황준보를 뚫어지게 바라보았다.

"상왕, 당신이 내 것도 가지고 있소?"

황준보가 빙긋 웃었다.

"그랬으면 좋으련만 아쉽게도 나에게는 장 대협의 신물이 있을 뿐이라오."

"으음—"

그 말을 믿을 수 없다는 듯 관패호가 한참 동안 황준보를 노려보더니 한숨을 쉬고 물러섰다.

흑풍객이 빠르게 말했다.

"당신들도 마찬가지이겠지만, 나는 두 번 모욕을 당하고 싶지 않소. 내 물건을 되찾는 일을 방해한다면 목숨을 걸고 싸울 뿐 물러서지 않겠소."

어떻게 하겠느냐는 듯 바라본다.

그 번쩍이는 눈과 노골적으로 드러내는 적의를 보고 느끼면서 진양자 담옥천과 관패호는 갈등하지 않을 수 없었다.

흑풍객은 자신의 말대로 신물을 돌려받기 위해 목숨을 걸고 황준보 일행을 보호하려 할 것이다.

그렇다면 그와 일전을 벌이는 수밖에 없는데, 이쪽은 두 명이니 결국 그를 제압할 수 있을 것이다.

하지만 그렇게 되면 흑풍객과 원수를 맺게 될 것이고, 평생 그 부담을 안고 살아가야 하지 않겠는가.

또 그를 제압하기 위해서는 이쪽 또한 부상을 입을 걸 각오하지 않으면 안 된다.

그건 대수롭지 않게 여길 수 있어도 흑풍객과 원수가 되는 일은 아무리 생각해 보아도 껄끄럽기 짝이 없는 일이었다.

진양자 담옥천과 관패호는 난감하지 않을 수 없었다.

서로 바라보는 눈길 속에 그런 마음이 고스란히 전해진다.

"휴―"

한숨을 쉰 진양자 담옥천이 뒤로 물러섰다.

"무량수불. 우리는 장 형과 같은 배를 탄 처지이니겠소? 그러니 나는 장 형이 물건을 되찾는 일을 방해할 수 없구려."

관패호가 잔뜩 낯을 찌푸렸다.

마음에 꺼림칙함이 있지만 그 역시 담옥천의 생각과 같았다.

'언젠가는 나도 신물을 되찾아야 할 텐데 그때에 흑풍객이 오늘 일을 잊지 않고 방해한다면 곤란하지 않겠는가.'

그런 생각과 함께 지금 그들을 놓아주어도 괜찮지 않을까? 하는 생각도 들었다.

이곳에서 벗어나면 흑풍객은 자신의 신물을 돌려받고 미련

없이 떠날 것이다.

무림맹의 천라지망은 넓고 촘촘하니 황준보 일당은 다시 걸려들 수밖에 없으리라.

'그때 또 잡으면 되겠지. 그러면 흑풍객도 할 말이 없을 것이다.'

"끄응—"

된 숨을 내쉰 관패호가 옆으로 물러서 길을 터주었다.

"장 형, 미리 축하하오. 그러나 그들과의 일은 속히 끝낼수록 좋으니 너무 오래 끌지 마시오. 장 형의 일이 잘되기를 빌겠소이다."

말없이 관패호와 담옥천을 한번 바라본 흑풍객이 아직도 저쪽에서 눈치를 보고 있는 백타삼걸에게 손짓을 했다.

"너희들의 말을 빌려야겠다."

백타삼걸이 아무 소리도 하지 못하고 자신들의 말 세 필에 무림맹의 무사들이 타고 있던 말까지 더해서 일곱 필을 끌고 왔다.

각자 그것에 올라탄 사람들이 말을 재촉해 벌판을 떠나갔다.

담옥천과 관패호는 쓴 입맛을 다시며 멀어지는 그들의 뒷모습에서 좀체 눈을 떼지 못했다.

백타삼걸의 마음 또한 편치 못했다.

다른 사람에게 이와 같은 모욕을 당했다면 목숨을 걸고 싸웠을 것이다.

그리고 그렇게 싸워서 아직까지 져본 적이 없었다.

적어도 장성 주변 감숙과 청해 일대에서 그들은 무적의 명성을 쌓고 있던 자들인 것이다.

하지만 상대가 백도십천의 천주 중 한 명이라면 그게 누가 되었든 상대할 수가 없다.

그러므로 이와 같은 상황은 자기들에게 모욕이 될 수 없다고 생각했다.

그렇게 마음을 위로하지만 한숨이 터져 나오는 건 어쩔 수 없었다.

*   *   *

드디어 황무지를 무사히 건넜고, 발아래 반짝이며 유유히 흐르는 강이 보였다.

상주하에 도착한 것이다.

흑풍객을 앞세운 황준보 일행은 말을 천천히 몰아 강을 따라 내려가기 시작했다.

비록 눈에는 보이지 않지만 감시의 눈길이 자신들에게서 떠나지 않고 있다는 걸 모두는 충분히 느끼고 있었다.

어디로 가도 숨을 수 없는 상황이라면 보란 듯이 당당하게 행동하는 게 떳떳할 것이다.

그렇게 반나절을 유람이라도 나온 사람들처럼 강을 따라 내려가자 드디어 두 갈래의 물길이 서로 합쳐지는 곳에 이르렀다.

동정호로 흘러드는 상강과 양하가 만나는 곳인데, 거기 제법 번화한 시진이 있었다.

황준보가 목표로 삼고 있는 상담진이라는 곳이다.

황준보 등은 상담진의 거리를 천천히 지나 마을 외곽에 뚝 떨어져 있는 조선장(造船場)으로 향했다.

크고 작은 배들을 만드는 목씨조방(木氏造房)이라는 곳이다.

그곳에서 만드는 배는 튼튼하고 안정적이어서 사람들의 주문이 끊이지 않았다.

상강을 오가는 상선이나 거룻배의 반 수 이상이 목씨조방에서 만들어진 것이라고 해도 과언이 아닐 만큼 이름난 조선장인 것이다.

그곳을 일으켜 세운 사람은 목염걸이라고 하는 장인(匠人)이었는데, 지금은 그의 아들인 목사청(木沙淸)이 가업을 물려받아 수십 년째 조선장을 유지해 가고 있었다.

그 목사청은 오십 중반쯤 되어 보이는 깨끗한 인상의 사내였다.

머리에 수건을 동이고 톱밥이 달라붙어 있는 작업복을 입었기에 그렇지, 푸른 유삼에 유생건을 쓰고 나간다면 누가 보든 학식이 높은 선비로 여길 만한 그런 사람이었다.

생긴 것과 하는 일이 어울리지 않아서 그를 처음 보는 운도는 물론 흑풍객마저 어리둥절해했다.

“오셨군요. 기별을 받고 가슴 졸이며 기다리고 있던 참이랍
니다.”
　목사청이 황준보에게 공손하게 말했다.
　“도중에 일이 좀 있었네. 그래, 준비는 다 되었나?”
　“명을 받고 밤낮으로 그것에 매달렸습지요. 다행히 이르신
날짜에서 며칠 앞당겨 완성시킬 수 있었답니다.”
　“그렇다면 정말 다행이군.”
　황준보가 환하게 웃었다.
　그런 황준보에게 흑풍객이 무뚝뚝하게 말했다.
　“이제 내가 할 일은 다 했겠지?”
　“물론입니다.”
　“그렇다면 약속을 지키게.”
　불쑥 내민 그의 손을 바라보던 황준보가 빙그레 웃었다.
　“서두르실 게 뭐 있습니까? 종일 아무것도 먹지 못했는데
배가 고프지 않습니까? 게다가 날까지 저렇게 저물어가고 있
으니 우선 요기를 하면서 제가 장 대협에게 감사의 술 한잔 따
라 올리고 원하시는 물건을 내드려도 늦지 않겠지요?”
　흑풍객이 번쩍이는 눈으로 말없이 황준보를 바라보았다.
　그의 심중을 꿰뚫어 보려는 것 같기도 하다.
　황준보는 무서운 흑풍객의 시선을 태연하게 받았다.
　“좋네. 그렇게 하세.”
　흑풍객이 고개를 끄덕였다.
　황준보의 얼굴이 더욱 활짝 펴진다.

“감사합니다.”

깍듯이 예의를 차린 그가 목사청에게 물었다.

“준비는 되었겠지?”

목사청이 고개를 크게 끄덕였다.

“물론입니다. 분부대로 모든 준비를 해두었습지요.”

황준보를 바라보는 목사청의 두 눈에 존경이 가득했다.

그는 이 모든 일을 이미 치밀하게 계산하고 사람 수에 맞추어 식사까지 준비하도록 명령했던 것이다.

그것이 한 치의 어긋남도 없이 맞아떨어지고 있다는 게 목사청이 황준보를 더욱 존경하는 이유였다.

목사청의 안내를 받아 간 곳은 목씨조방의 안쪽이었다.

인부들의 숙소가 있고, 그곳과 조금 떨어진 곳에 강가에 면하여 지은 아담한 집과 누각이 있었는데, 목사청이 기거하는 곳이었다.

그는 많은 나이임에도 불구하고 아직 혼자 몸이었다.

장가를 가지 않아 딸린 식솔이 없는 몸인데도 이처럼 여러 개의 방을 가진 집과 화려한 누각을 갖추고 홀로 기거하고 있으니 별일이었다.

누각에는 풍성한 만찬이 이미 준비되어 있었다.

그리고 그곳을 지키고 있는 사람을 본 단운도가 깜짝 놀랐다.

평소 황준보의 충직한 집사 노릇을 하던 깡마른 노인과 또 다른 두 명의 청년이 공손한 모습으로 거기 서 있었기 때문이다.

"아, 당신들은 이곳에 먼저 와 있었군요?"

운도가 반가워하자 노인이 환하게 웃었고, 두 청년은 기쁨을 억지로 감추며 정중하게 말했다.

"단 공자를 이렇게 다시 보게 되어서 정말 기쁩니다."

"대체 어떻게 된 거죠?"

"기구에 탈 수 있는 인원이 한정되어 있어서 함께 갈 수 없었답니다. 대신 저희는 먼저 이곳에 와 단 공자와 주인께서 무사히 도착하시기만 기다리고 있었지요."

"그럼……."

운도가 황준보를 돌아보았다.

놀라는 얼굴이다.

'황 대인은 마치 앞일을 훤히 내다보고 있는 것 같구나. 세상의 모든 일이 그의 계산에서 한 치도 벗어나지 못하는 깃 같다.'

이곳까지 오는 동안에 있었던 일들을 돌이켜 보면 모든 게 그가 준비하고 계획한 대로 이루어져 왔다는 걸 인정하지 않을 수 없었다.

열기구를 준비했던 것도 그렇고, 이처럼 흑풍객 장하륜이라는 백도의 절대자를 끌어들여 든든한 방패로 삼은 것도 벌써 이런 일이 생길 줄 알고 미리 준비한 것 아니던가.

흑풍객과 대작하고 있는 황준보를 물끄러미 바라보면서 운도는 장차 저 사람의 지혜로 인해 마교가 크게 융성하리라는 걸 예감했다.

'만약 내가 백도십천의 한 사람이라면 누구보다 먼저 황 대인을 제거할 것이다.'

그런 생각이 드는 건 장차 그가 마교의 두뇌가 될 것임을 짐작할 수 있기 때문이었다.

그렇게 된다면 마교는 힘과 지혜를 두루 겸비하게 될 테니 백도는 결국 그들 앞에 무릎을 꿇게 되고 말 것이라는 생각이 든다.

"이제 자네는 어디로 가려는가?"

흑풍객의 물음에 황준보가 거리낌없이 대답했다.

"만천하에 저의 마각이 드러났으니 더 이상 장사꾼 노릇을 할 수 없게 되지 않았습니까? 홍안적성으로 돌아갈 수밖에요."

"듣기로 그곳은 새외에 있다고 하던데?"

"그렇습니다."

"거기까지 무사히 갈 자신이 있는가?"

"두고 보면 알 일이지요."

황준보의 희미한 미소 속에는 자신감이 깃들어 있었다.

그것을 보는 흑풍객의 얼굴에 문득 갈등이 떠올랐다.

황준보가 넌지시 묻는다.

"저를 죽이고 싶으십니까?"

"지금이 아니면 기회가 없을 것 같군."

"장 대협께서 그렇게 하시겠다면 저로서는 막을 방법이 없습니다. 그러니 제 목숨은 지금 장 대인의 손에 달려 있는 것이군요. 하하하—”

그가 유쾌하게 웃으며 다시 한 잔의 술을 권한다.

흑풍객은 말과 행동에 거침이 없는 사람이었다.

지금은 황준보도 그러했다.

두 사람의 말을 들은 모두가 잔뜩 긴장하여 젓가락을 멈추었다.

두려워하는 눈으로 흑풍객을 바라보고 황준보를 바라본다.

그러나 정작 그들 두 사람은 오래된 지기인 것처럼 술을 권하고 받을 뿐 다른 사람들의 눈길 따위는 신경조차 쓰지 않았다.

“내가 떠나면 곧 무림맹의 척살대가 들이닥칠 것이네. 여기서는 더 달아날 곳도 없지.”

흑풍객의 말에 황준보가 태연히 대답했디.

“강으로 가면 되겠지요.”

“이미 강 하류는 물론 상류까지도 무림맹에서 동원한 전선들로 가로막혀 있을 걸세.”

“그렇겠군요. 동정호에 근거지를 둔 장강수로채가 상강을 장악하고 있으니 무림맹에서 그들을 동원하지 않았을 리가 없지요.”

“잘 알고 있겠지만, 그들은 누구보다 물질에 능숙하고 그들의 전선은 그 어떤 배보다 빠르고 견고하다네. 그러니 배를 타고 달아난다는 건 어리석은 잉어가 스스로 그물 속에 기어들어 가는 꼴이지."

흑풍객은 황준보가 이리로 온 이유가 바로 목씨조방에서 만든 배를 타고 상강으로 달아나기 위해서라고 짐작하고 있었던 것이다.

황준보가 짐짓 근심스런 얼굴을 하고 중얼거렸다.

"그럼 어쩐다…… 이제는 더 이상 하늘을 날아갈 방법도 없고……."

말을 얼버무리며 흑풍객을 넌지시 바라본다.

흑풍객이 코웃음을 쳤다.

"흥, 내가 약속한 곳은 여기까지일세. 더 이상은 들어줄 수 없어."

"할 수 없지요. 장 대협께서 이곳까지 저희를 무사히 인도해 주신 것만으로도 큰 신세를 진 셈인데 어찌 또 다른 요구를 할 수 있겠습니까?"

"약속한 물건을 돌려받고 나면 내 마음이 달라질지도 모르네."

"설마 신물을 되찾은 즉시 저를 죽이시는 건 아니겠지요?"

"그거야 알 수 없지."

충분히 그럴 수 있는 일이었다.

황준보를 이곳까지 호위해 주고 자신의 신물을 돌려받으면 그동안의 계약이 모두 끝난 게 되지 않는가.

그때부터는 아무도 흑풍객을 약속이라던가 계약 따위로 얽어둘 수 없었다.

모두 긴장하여 숨결마저 거칠어지는데 황준보는 태연했다. 오히려 유쾌하다는 듯 껄껄 웃는다.

"제 운을 한번 시험해 보렵니다. 여기서 장 대인의 손에 죽을 운명이라면 결국 그렇게 될 수밖에 없는 일 아니겠습니까? 사람이 제아무리 지략이 출중하고 힘이 장사라고 해도 운명이라는 것에 이길 방법은 없으니까요."

호쾌하게 말한 황준보가 품에서 옥함 하나를 꺼내더니 망설임없이 흑풍객에게 건네주었다.

"받으십시오. 이것으로 장 대인과 저와의 계약은 완료되었습니다."

옥함을 받아 열어보는 흑풍객의 손이 기쁨과 감격으로 떨렸다.

"아—"

그가 탄성을 발하고 지그시 눈을 감았다.

무수한 회한이 밀려들어 감당하기 힘든 격정으로 떤다.

지난 십오 년 동안 어디 하루라도 이것을 잊은 적이 있었던가.

되찾을 수만 있다면 목숨마저도 아낌없이 던지겠노라고 자기 자신에게 수백 번도 더 맹세했던 흑풍객 장하륜이었다.

드디어 그것을 되찾았다.

그것은 사문에 대대로 전해져 내려오는 보물이었다.

하나의 작은 청동패인데, 정교한 문양과 함께 사문의 경구가 새겨져 있는 신물이다.

다른 사람에게는 그저 보잘것없는 청동패일지 모르나 흑풍객에게 그 신물은 자신의 목숨이나 다름없었다.

그래서 그것을 절대천마 풍약헌에게 넘겨주었을 때 흑풍객 장하륜은 제가 죽은 것과 다름없다고 생각했다.

그것을 되찾지 못하면 세상에 더 이상 흑풍객이라는 존재는 없다고 생각하며 어금니를 악물지 않았던가.

그 뒤로 십오 년이 지났다.

비로소 자신의 신물을 되찾은 흑풍객은 한동안 말을 하지 못했다.

지그시 감은 눈꺼풀이 파르르 떨린다.

어금니를 악물고 있던 그가 번쩍, 눈을 떴다.

"크하하하—"

마음의 격동을 참지 못하고 벌떡 일어나더니 앙천광소(仰天狂笑)를 터뜨렸다.

그의 깊이를 알 수 없을 정도로 심후한 내력이 잔뜩 실린 그 웃음소리는 사자후(獅子吼)라고 해도 부족함이 없었다.

황준보는 물론 운도와 위서향, 그리고 그곳에 있던 모든 사람이 귀를 틀어막고 고통스러워했지만 흑풍객의 광소는 그치지 않았다.

우르르르—

기어이 누각의 지붕이 들썩거리며 먼지를 쏟아냈고, 기둥마저 지진을 만난 것처럼 흔들렸다.

뿌지직거리는 그 소리와 함께 서까래마저 들썩이는지, 기왓

장들이 떨어지는 소리가 요란하게 들렸다.

"크하하하—"

그래도 흑풍객 장하륜의 앙천광소는 그칠 줄 몰랐다.

고통스러워하는 사람들 중 내력이 가장 약한 운도의 충격이 누구보다 컸다.

온몸에 굵은 핏줄이 울퉁불퉁 불거져 나오고 눈마저 곧 터질 것처럼 무섭게 핏발이 섰다.

고통을 참기 위해 이를 악물고 귀를 틀어막은 채 안간힘을 쓰고 있느라고 얼굴이 기이하게 일그러져 흉측해졌다.

기어이 코에서 붉은 피를 주르륵 흘려대기까지 한다.

이런 상태가 조금만 더 지속된다면 운도는 온몸의 혈관이 터져 칠공에서 피를 쏟아내며 죽고 말 게 틀림없었다.

다른 사람들이라고 고통스럽지 않은 건 아니었다.

다만 운도보다는 잘 견디고 있으나 그것도 얼마 가지 못할 것이다.

흑풍객은 자신의 내력을 웃음소리에 실어 이곳에 있는 모든 사람의 기혈을 진동시켜 죽이려는 것처럼 보였다.

"그만!"

황준보가 소리쳤다.

그의 얼굴도 고통으로 온통 일그러져 있었고, 두 눈이 충혈된 채 이를 악물고 있었다.

그가 온 힘을 쥐어짜서 겨우 내지른 소리에 흑풍객이 비로소 광소를 멈추었다.

“음—”

제가 한 짓을 비로소 깨달은 듯 눈살을 찌푸린다.

황준보가 거친 숨을 몰아쉬고 나서 탄식과 함께 말했다.

“휴— 조금만 더 계속했다면 우리는 모두 기혈이 터져 죽고 말았을 것입니다. 장 대협이 원한 게 그것이었습니까?”

흑풍객이 번쩍이는 눈으로 한동안 말없이 노려보더니 돌아섰다.

“한 번의 기회를 주지. 하지만 다음에 다시 만나게 된다면 그때는 지금과 같지 않을 것이다.”

황준보를 노려본 그가 위서향을 불렀다.

“가자.”

그곳에 있던 사람들 중 위서향이 충격을 가장 먼저 회복하고 있었다.

생각보다 그녀의 내력이 심후하다는 게 드러난 셈이다.

가장 큰 충격을 받고 아직까지도 완전히 회복하지 못해 고통스러워하는 사람은 단운도였다.

위서향이 흑풍객의 재촉에는 아랑곳없이 운도에게 다가가 그의 명문에 장심을 붙였다.

이체전공의 수법으로 자신의 내력을 한차례 불어넣어 준 후 가문의 운기법으로 운도의 체내에서 발동하는 내력을 이끌어 소주천을 시켜주기 시작했다.

뒤에서 운도를 끌어안은 모양이 되어 지그시 눈마저 감은 채 몰입해 들어가는 그녀를 바라보던 흑풍객이 혀를 찼다.

못마땅해하는 기색이지만 자신의 광소 때문에 벌어진 일이니 쓴 입맛을 다시며 기다려 줄 수밖에 없다.

뜨거운 차 한 잔 마실 시간만큼 그렇게 운기를 도와주고 나자 비로소 운도의 상태가 정상으로 돌아왔다.

그의 명문에서 손을 뗀 위서향이 부끄러움으로 붉어진 얼굴을 한 채 고개를 푹 숙였다.

상황이 어쨌든 많은 사람들 앞에서 그를 꼭 끌어안고 있는 모습을 보이지 않았는가.

그녀가 가까스로 말했다.

"운도야, 이제 나는 가야 한단다. 이렇게 헤어지면 언제 다시 만나게 될지 알 수 없구나."

"위 누이……."

"어디에 있든지 나는 너를 생각할 거야. 너도 그래 줄 거지?"

운도가 입술을 악문 채 고개만 끄덕였다.

위서향을 바라보는 눈에 뜨거운 갈망이 가득했다.

두 손을 뻗어 그녀의 손을 꽉 잡는다.

영영 놓아주지 않을 것 같은 간절함이 고스란히 느껴지는 것이어서 위서향의 얼굴이 더욱 붉어졌다.

운도를 마주 보는 그녀의 눈길에도 격정과 안타까움과 말 못할 애절함이 깃들어 반짝거렸다.

"반드시 다시 만나게 될 거야. 그때까지 늘 너를 생각하겠어. 나는 이런 말을 너에게 할 수 있게 되어서 정말 기뻐."

풍사곡에 있을 때에는 눈치 봐야 할 사람이 많았고, 매번 상황이 여의치 않아서 운도에게 자신의 마음을 드러내 보여줄 수가 없었다.

그게 늘 안타까워 한숨을 쉬곤 했는데 이제 시원하게 제 마음을 털어놓고 나자 기쁨이 말할 수 없이 커졌다.

운도의 눈에 안타까움과 고마움 그리고 기쁨으로 인해 눈물이 맺혔다.

위서향의 손을 꼭 잡은 채 그저 바라보기만 할 뿐, 목이 메어 뭐라고 말조차 하지 못한다.

"몸조심해."

운도가 겨우 그 말을 하더니 한참 있다가 다시 말했다.

"내 마음은 변치 않을 거야. 약속할게."

그 말을 들은 위서향의 얼굴 가득 환희가 물결쳤다.

운도의 그 한마디에 담겨 있는 수많은 뜻과 진정을 느끼고 알 수 있었기 때문이다.

"너도 몸조심해."

입술에 닿을 듯 다가오는 그녀의 뜨겁고 단 숨결을 느끼고 부르르 몸을 떤 운도가 비로소 그녀의 손을 놓아주었다.

위서향은 뒤돌아보고 또 돌아보며 흑풍객을 따라 떠나갔다.

날은 이미 어두워져 밤이슬이 내리기 시작할 무렵이 되어 있었다.

흑풍객이 위서향과 함께 떠나고 나자 운도의 마음은 그 어떤 때보다 쓸쓸해졌다.

시무룩하고 어깨마저 축 처져 있어서 보기에 안쓰러울 정도였다.

황준보가 다가와 그런 운도를 위로했다.

"다시 만나게 될 거네. 물론 지금보다 나쁜 상황에서 그렇게 되기 쉽겠지."

"나쁜 상황……."

운도가 울 듯한 얼굴이 되자 황준보가 그의 어깨를 다정히 감싸 안고 다독여 주었다.

"하지만 서로 진정 사랑하는 사이라면 내 처지와 주변의 상황이 어찌 장애가 될 수 있겠는가? 서로가 마음을 굳게 하고 있으면 그리움이 날로 깊어지고, 보고 싶다는 열망이 날로 커질 테니 다시 만났을 때의 기쁨이 지극할 것이네."

"정말 그럴까요?"

"물론 그렇고말고. 그러면 모든 걸 다 용서할 수 있게 되고, 모든 걸 다 이해하고 받아들일 수 있게 되겠지. 그러니 잠시 헤어져 있는 게 오히려 사랑을 이루는 데 큰 도움이 되지 않겠는가?"

"저는 오래 떨어져 있다 보면 위 누이가 저를 잊어버리지 않을지 걱정이 되는걸요."

"단 공자는 그녀를 잊게 되겠는가?"

"아니오. 저는 절대로 잊지 못할 거예요."

운도가 세차게 도리질을 했다.

황준보가 빙그레 웃으며 운도의 어깨를 힘주어 안고 흔들었다.

"그렇다면 그 아가씨도 마찬가지일 거야. 내가 지켜보니 위 소저의 마음이 단 공자의 마음 못지않게 간절해 보였네. 그러니 절대로 잊는 일이 없을 거야. 마음 놓게."

"오직 그러기를 바랄 뿐이랍니다."

"우여곡절도 많고, 이런저런 시련도 많이 겪게 되는 게 인생이라네. 사랑도 그와 같은 거야. 순탄하게 진행되는 사랑이란 매력도 적으려니와 있지도 않지. 이런 시련이 사랑을 더 굳고 확실하게 해주는 것이네. 그녀에 대한 믿음과 마음을 버리지만 않고 있으면 그 나머지는 운명이 다 알아서 해줄 것이야."

"운명이라고요?"

"사랑에는 그 무엇보다 운명이 크게 작용하는 것이지. 운명이 위 소저와 자네를 묶어두기로 했다면 어떤 상황이 닥쳐도 반드시 그렇게 될 것이네."

"그걸 어떻게 알 수 있지요? 운명이 그렇게 정했는지 아닌지……."

"내 마음의 확신이 증거인 거지. 단 공자는 그녀와 맺어질 것이라고 확신하나?"

"물론입니다!"

운도가 턱없이 큰 소리로 대답했으므로 모두가 그를 바라보고 웃었다.

"그렇다면 운명이 이미 그렇게 되도록 정해놓고 있는 거야.

단 공자는 저도 모르게 그 운명을 느끼고 있는 거지. 확신이야 말로 운명의 전령이라네.”

“아!”

“자, 그러니 너무 슬퍼하지 말고 이제 그만 움직이세. 더 늦었다가는 영영 이곳을 떠날 수 없게 될지도 모르네.”

“그들이 오는군요?”

“흑풍객이 떠났다는 걸 알았을 테니 오지 않을 리가 있겠나? 지금 가도록 하세.”

서둘러 어디론가 가는 황준보의 뒤를 따르면서 운도는 의아하기만 했다.

‘대체 어디로 간단 말인가? 사방에 매복이 깔려 있을 것이고, 상강 또한 장강수로채에 의해 이미 막혀 있을 것이라고 했는데?

혹시 황 대인이 다시 하늘을 나는 재주라도 부릴 것인가? 하고 생각했지만 이내 고개를 가로저었다.

그에게 열기구는 하나밖에 없고, 이미 써버렸다는 걸 잘 알기 때문이다.

第四章
침해룡(沈海龍)

마룡의
후예

황준보가 운도를 데리고 간 곳은 누각의 아래층이었다.

목사청이 굳게 닫혀 있던 철문을 열었다.

"아!"

운도는 드러난 안쪽의 모습을 보고 깜짝 놀랐다.

그곳은 삼면이 두터운 석벽으로 만들어져 있었는데, 물이 들어차 있었다.

석실 안에 배를 건조해 물에 띄우는 조선창을 만들어놓았던 것이다.

그리고 그곳에는 생전 처음 보는 기이한 형태의 배가 한 척 있었다.

그것은 배라기보다 둥근 원통 같은 것이었다. 선수 부분이 물살을 가르기 좋도록 납작하게 되어 있을 뿐, 다른 곳은 길고 둥근 원통 그대로였다.

누구도 그것을 배라고 생각하지 않을 것이다.

"이게 대체 뭡니까?"

운도가 눈을 휘둥그레 뜨고 묻자 황준보가 빙긋 웃었다.

"우리를 동정호까지 안전하게 데려다 줄 침해룡이지."

"침해룡이라고요?"

침해룡(沈海龍)이라는 말은 생전 처음 듣는 것이라 더욱 어리둥절해진다.

"그렇지. 물속으로 들어가는 배인 게야."

"아니, 어떻게 그럴 수가……."

운도는 이해할 수 없었다.

배라는 것은 어디까지나 물 위를 떠서 가는 물건이라는 게 그의 생각이었다.

그것이 물속으로 들어간다는 건 곧 침몰한다는 것이지 않은가.

다가온 목사청이 자부심이 한껏 깃든 얼굴로 웃으며 말해주었다.

"나무로 만든 선채 위에 송진을 덮어씌우고, 다시 그 위를 가죽으로 둘러쌌다네. 물속에 들어가도 강물이 스며들어 올 일은 없을 테니 안심하게. 심혈을 기울여 제작한 나의 걸작이지. 물론 황 대인께서 방법을 가르쳐 주셨지만 말일세."

그가 성큼 원통 위로 올라가더니 뚜껑을 열었다.

황준보가 먼저 그곳을 통해 침해룡 안으로 들어갔고, 호기심으로 눈을 반짝이며 운도도 그 뒤를 따랐다.

배 안은 밖에서 보던 곳보다 훨씬 비좁아서 목사청과 마른 노인, 그리고 네 명의 청년이 타자 더 이상 사람이 탈 수 없었다.

첨벙—

밖에서 누군가가 물속으로 뛰어드는 소리가 났다.

황준보가 설명해 주었다.

"바닥에 모래주머니를 매달기 위한 거라네. 걱정할 것 없어."

"그 무게로 이 침해룡이 물속에 가라앉는 것이로군요?"

"그렇지. 모래주머니의 무게로 뜨고 가라앉는 걸 조절할 수 있으니 우리는 수면에서 일 장쯤 되는 곳까지 잠겨 유유히 항해해 갈 것이네. 밖에서 눈에 불을 켜고 있는 자들이 우리를 어찌 볼 수 있겠는가? 하하하—"

"그럼 떠오를 때는 어떻게 합니까?"

황준보가 바닥을 가리켰다.

"이것을 하나씩 잘라내면 되지."

바닥에는 횡대에 굵은 줄들이 줄지어 매어 있었다.

그것들이 배를 뚫고 밖으로 나가 있는데, 그 끝에 모래주머니가 주렁주렁 매달려 있는 모양이었다.

선실 앞과 좌우 벽, 그리고 천장에는 큰 접시만 한 수정판이 몇 개씩 박혀 있어서 그리로 밖을 내다볼 수 있었다.

모래주머니를 다 매달았는지 배가 천천히 물속으로 잠겨 들어가기 시작했다.

운도는 마음이 조마조마했다. 황준보의 설명을 들었지만 혹시라도 배에 물이 스며들어 와 가라앉으면 어떻게 하나 하는 걱정을 떨쳐 버릴 수 없었던 것이다.

드디어 배가 완전히 물속에 잠겼는지 천장의 수정판을 통해 보이는 건 검은 물뿐이었다.

끼이익—

문을 여는 소리가 은은하게 들려왔다.

석실을 막아 강과 차단하고 있던 철문이 열리는 소리일 것이다.

그러자 선실 앞에서 수정판을 통해 밖을 내다보고 있던 목사청이 뒤쪽에서 대기하고 있던 청년들에게 명령했다.

"노를 저어라."

마른 노인이 방향타를 잡았고, 네 명의 청년이 좌우로 나뉘어 낮은 의자에 앉았다.

벽에는 손잡이가 달려있는 네 개의 커다란 원반이 부착되어 있었는데 청년들이 그것을 돌리자 덜컹거리는 작은 소음이 들려왔다.

배가 천천히 앞으로 나아가기 시작했다.

"저게 뭐지요?"

운도가 신기한 듯 그것을 가리키며 묻자 황준보가 웃으며 대답해 주었다.

"꼬리 부분에 두 개의 노가 있다네. 저 원판은 그것을 움직이게 하는 조종간이지."

"어떻게 안에서 보지도 않고 저것으로 노를 저을 수 있단 말입니까?"

"저것을 돌리면 톱니바퀴가 맞물려 회전축이 돌아가네. 그것이 노에 전해져 움직이게 되는 것이지."

더 이상의 설명은 필요치 않았다.

아무리 자세히 설명해 준다고 해도 운도로서는 알아들을 수 없었기 때문이다.

다만 이와 같은 잠수선(潛水船)을 설계한 황준보의 능력에 더욱 놀랄 뿐이었다.

석실을 빠져나와 강으로 들어선 배는 빠르게 움직여 나아갔다.

물살의 흐름을 타고 노까지 저어대니 물 위를 달릴 때 못지않게 빨리 항해할 수 있었던 것이다.

운도는 좌우의 벽과 천장에 붙어 있는 수정판을 바라보느라고 정신이 없었다.

이미 밤이 깊었으니 강물은 온통 검은빛이었다.

오가는 배도 있을 리 없다.

강물 위가 고요하고, 그 아래의 물속은 더욱 그랬다.

노가 삐걱거리는 작은 소리만 들려올 뿐, 배 안의 사람들은 모두 말이 없었다.

운도만 부지런히 좌우 벽을 오가고 천장의 수정판에 달라붙어 검은 물속의 모습을 바라보느라고 분주할 뿐이다.

얼마나 그렇게 물의 흐름을 타고 흘러내려 갔을까.

물속이 주황색으로 물들어 있는 곳에 이르렀다. 횃불의 불빛이 비쳐든 것이다.

수면 위에 많은 배들이 떠 있는 것 같았다. 그것들의 그림자가 횃불빛과 함께 어른거렸다.

"배가 지나가요!"

운도가 천장의 수정판을 가리키며 말했다.

과연 한 척의 쾌선이 빠르게 지나가고 있는 중이었다.

가만히 앉아서 그것의 밑바닥을 이렇게 바라볼 수 있다는 게 운도에게는 충격적인 일이었다.

"드디어 그들의 저지선에 이른 모양이다."

조는 듯 눈을 감고 있던 황준보가 무심하게 말했다.

시간이 지나고 침해룡이 상강의 하류로 더 내려가자 오가는 배들이 더욱 많아졌다.

물 위가 온통 이글거리는 횃불빛으로 대낮처럼 밝게 보였다. 물속마저 주황빛으로 은은히 붉어져 있어서 무섭기까지 하다.

시끄럽게 떠드는 사람들의 고함 소리도 들려왔다.

수면에 한 번 걸러져서 퍼지는 소리라 밖에서 듣는 것과는 다르게 웅웅거리는 말소리였다.

그것마저도 운도에게는 신기한 일이었다.

침해룡은 커다란 배의 밑창 아래를 소리없이 지나가고 있는 중이었다.

천장의 수정판을 통해 거대한 선채의 밑 부분이 한참 동안이나 보였다.

"조금 더 내려가야겠다."

황준보의 말에 선수에서 열심히 앞쪽의 형편을 살펴보고 있던 목사청이 낮고 짧게 명령했다.

"물을 채워라!"

그 즉시 좌우에서 열심히 원판을 돌리고 있던 청년들이 그것을 놓고 쐐기처럼 박아놓았던 나무토막을 힘주어 뽑았다.

덜컹.

배 밑창에서 나무와 나무가 부딪치는 것 같은 소리가 나더니 쏴아아― 하는 물소리가 흘러들어 왔다.

배가 무거워지는 게 느껴진다.

"뭐죠?"

운도가 궁금증을 참지 못하고 묻자 황준보가 그제야 눈을 떴다.

"아래쪽에 작은 방이 세 개 만들어져 있다네. 그중 한 개에 물을 채워 넣는 거지. 그 물의 무게로 인해서 조금 더 아래쪽으로 가라앉아 항해하게 되는 거라네."

운도는 더 깊이 잠수했음에도 불구하고 배 안으로 물이 스며들어 오지 않는다는 게 믿을 수 없었다.

이음새와 열리고 닫히는 문틈에 대한 방수가 얼마나 꼼꼼하고 완벽하기에 그럴 수 있는 건지 여전히 의문이었다.

"도대체 하늘로 올라갔단 말이냐, 땅으로 꺼졌단 말이냐!"

우렁우렁한 호통 소리가 물 위에 쩌르릉 울려 퍼졌다.

상강을 차단하고 있는 일백여 척의 크고 작은 배들 중에서 가장 큰 범선의 갑판 위였다.

범 같은 인상의 텁석부리장한이 제 키만큼이나 커다란 낭아봉을 지팡이 삼아 짚고 서서 신경질적으로 고함을 질러대고 있었다.

장강수로채 남방 총채주인 팔비룡(八飛龍) 원후(元侯)라는 자인데, 타고난 힘이 백 명을 능히 감당할 만했고, 외문무공까지 극성으로 익혀 절정고수의 반열에 능히 오르고도 남을 만한 자였다.

그가 무림맹의 일에 팔을 걷어붙이고 나선 것이다.

호남을 길게 가로질러 동정호로 흘러드는 상강이 그의 영역에 속해 있기도 하려니와, 이 기회에 공을 세워서 무림맹 내에는 물론 강호에 저의 이름을 드날려 보려는 공명심이 컸다.

흑풍객 장하륜이 마교의 무리와 함께 있다는 말을 듣고 꺼려했으나 이제 그가 떠나고 없다니 마교의 잔당은 제 손아귀에 든 거나 다름없다고 믿었다.

원후는 우선 수하들을 풀어서 강변에 진치고 있는 무림맹의 추적대에 앞서 목씨조방을 들이치게 했다.

하지만 그곳은 이미 텅 비어 있었다.

인부들만 잠결에 일어나 무슨 일인지 몰라 허둥댈 뿐, 정작 눈에 불을 켜고 찾는 자들은 코빼기도 보이지 않았던 것이다.

그 뒤로부터 지금까지 사방에 신호를 보냈고, 천라지망을 펼치고 있던 무림맹의 매복, 추적조와 연합하여 사방 일백 리 일대를 이 잡듯이 뒤졌다.

하지만 어디에도 그들의 흔적은 없었다.

상강 십 리 상류를 차단하고 있는 선단에서는 물론, 크고 작은 지류들마다 나가 있던 수하들에게서도 그들을 보았다는 보고는 없었다.

강을 타고 달아나려 했다면 걸리지 않았을 리가 없는 일인데 감쪽같이 사라져 버린 것이다.

"미치겠구나."

원후가 한숨을 쉬는데 작은 쾌속선 한 척이 미끄러지듯 다가오더니 배 위로 한 사람이 훌쩍 날아 올라왔다.

"어떻게 되었느냐?"

백도십천의 천주 중 한 명인 풍사곡주 위진평이었다.

원후가 그 거대한 몸을 반으로 접었다.

"보시는 바와 같습니다. 뭐라고 드릴 말씀이 없습니다. 젠장할."

"허허허—"

위진평이 공허한 웃음을 터뜨렸다.

그는 무당의 진양자 담옥천과 을목장주 관패호를 만나 그들에게서 흑풍객 장하륜이 위서향을 대동하고 황준보 일행과 합류했다는 말을 들었다.

얼마나 놀랐던가.

그 즉시 수하들을 대동하고 달려왔는데 그들은 흔적도 없이 사라져 버린 것이다.

오는 도중 흑풍객과 위서향조차 만나보지 못했다. 그들 또한 어디론가 떠나 버린 모양이었다.

생각에 잠겨 있던 위진평이 고개를 들었다.

'땅 위에 없고 물 위에도 없으며 하늘에도 없다면 갈 곳은 하나뿐 아닌가.'

위진평은 검은 강물을 내려다보았다.

이글거리는 횃불빛이 반사되어 붉게 물들어 출렁이고 있다.

상강의 도도한 물줄기를 멍하니 바라보기를 얼마쯤.

"휴―"

위진평이 한숨을 쉬었다.

물속으로 달아난 건 아닐까? 하는 생각을 잠깐 했던 것이지만 강물을 보자 그런 제 생각이 부끄러워졌던 것이다.

있을 수 없는 일이었다.

아무리 물질에 능숙한 자라고 해도 물속에서 숨도 쉬지 않고 일다경을 버틸 수는 없는 것 아니던가.

그들이 물속으로 달아났다고 해도 숨을 쉬기 위해 천 번은 더 고개를 내밀었을 것이다. 그랬다면 발각되지 않았을 리가 없다.

입에 속이 빈 갈대 대롱을 물고 있다고 해도 그들이 모두 그런 일에 능숙하도록 수련을 한 자객들이 아닌 이상 물속에서는 반 시진을 버티는 것도 불가능한 일이다.

그것도 가만히 있을 때의 일이지, 헤엄치며 갈대 대롱으로 숨을 쉰다는 건 있을 수 없는 일이다.

"놓쳤군."

위진평이 허탈하게 말하고 어깨를 늘어뜨렸다.

또 놓친 것이다.

황피령 아래의 억새 벌판에서는 쾌도왕을 놓쳤는데, 이번에는 상강에서 상왕 황준보를 놓쳤다.

쾌도왕을 놓칠 때도 역시 황준보 때문이었다는 걸 생각하자 절로 이가 갈린다.

"사매를 찾아야 하지 않을까요?"

뒤따라 올라와 눈치를 보며 서 있던 대제자 이귀율이 조심스럽게 말했다.

그는 흑풍객을 의심하는 것이다.

위진평이 혀를 찼다.

십천의 천주들 외에는 흑풍객이 황준보를 도와준 이유에 대해서 아무도 모른다.

위진평은 제가 흑풍객 장하륜의 입장이었다고 해도 그들을 도와주고 신물을 되찾았을 것이라고 생각했다.

"휴—"

상강이 출렁거릴 정도로 한숨을 쉰 위진평이 고개를 흔들었다.

"다 소용없다. 이제는 다시 그들이 모습을 드러낼 때까지 기다리고 있을 수밖에."

사부의 말이니 복종할 수밖에 없지만 그래도 아쉬움이 남는 듯 이귀율이 사방을 두리번거렸다.

그는 위서향을 꼭 찾고 싶었다. 아니, 보호한다는 핑계를 대고 그녀와 동행하고 싶었다.

그러나 사부가 허락할 리 없고, 흑풍객이 허락하지 않을 것이다.

이귀율은 사부가 사매를 흑풍객에게 맡겨 갑자기 풍사곡을 떠나게 한 것도 저와 떼어놓기 위해서라고 믿고 있었다.

'이게 다 단운도 그놈 때문이다. 죽일 놈.'

이귀율이 남모르게 부드득 이를 갈았다.

위진평이 다시 한숨을 쉬고 돌아섰다.

"돌아가자. 백풍산 등에게도 연락을 해서 곡으로 돌아오게 해라."

먼 곳까지 왔으나 아무 소득도 없이 헛걸음만 한 꼴이라 자존심이 몹시 상했다.

그러나 어쩔 수 없는 일 아닌가.

이미 담옥천과 관패호는 각기 무당산과 을목산장으로 돌아갔다.

위진평은 이렇게 된 이상 다시 제가 맡은 일에 몰두하는 게 옳다고 생각했다.

십천지약을 지켜 백풍산 등에게 풍사곡의 절기를 전해주는 일이 그것이다.

황준보와 그의 무리가 발견되었다는 소식이 들릴 때까지는 제가 맡은 일에 충실할 수밖에 없는 것이다.

*　　*　　*

그로부터 닷새 후 황준보와 운도는 험준하기 짝이 없는 산속 깊은 곳을 바삐 걷고 있었다.

그들이 침해룡을 타고 무사히 상강을 내려와 동정호에 이른 건 사흘 전의 일이었다.

동정호를 길게 가로질러 삼안애(三眼崖) 아래에서 침해룡을 버렸는데, 선체에 구멍을 뚫어 가라앉힐 때에 운도는 못내 아쉬워했다.

지난 사흘 동안 그들을 감쪽같이 실어 나른 잠수정이기도 하려니와, 그것의 기이함에 흠뻑 매료되어 있었던 것이다.

그러나 황준보는 아까워하는 기색도 없이 그것을 파괴하여 동정호 바닥에 수장시켰고, 그 즉시 수하들을 흩어지게 한 후 운도만을 데리고 바삐 길을 떠났다.

황준보를 따르던 목사청과 마른 노인, 그리고 네 명의 청년은 모두 뿔뿔이 흩어져 어디론가 떠났다.

그리고 그로부터 다시 이틀이 지난 지금 운도는 어디가 어디인지도 모르는 깊은 산중을 헤매고 있는 것이다.

"대체 어디로 가는 겁니까?"

운도가 묻자 잠시 걸음을 멈춘 황준보가 고봉준령들이 잇닿아 있는 북서쪽을 가리켰다.

"우리는 지금 이 세상의 끝으로 가네."

"세상의 끝이라고요?"

"비록 그곳이 이 넓은 천하의 한복판에 있는 곳이라고 해도 단 공자에게는 더 이상 갈 곳이 없으니 거기야말로 세상의 끝이 될 걸세."

"아!"

"왜? 두려운가?"

"이제 저에게 두려움 따위는 없습니다. 다만 왜 그런 표현을 하시는 건지 궁금할 뿐이지요."

"가보면 알게 될 걸세."

그리고 다시 황준보는 바쁘게 움직였다.

그를 따라 걸으면서 운도는 자주 사방을 두리번거렸다. 무엇을 찾고 있기라도 한 것 같았다.

이번에는 황준보가 그런 운도의 행동을 궁금해하여 물었다.

"단 공자는 무엇을 찾는가?"

운도가 얼굴을 붉혔다.

"아니, 그저 이처럼 인적이라고는 없는 깊은 산중을 헤쳐 나아가노라니 어떤 생각이 떠올라서요."

"어떤 생각이라니?"

"쾌도왕이 불쑥 저 숲속에서 걸어나올 것 같지 뭡니까?"

"응? 아니, 그가 왜 여기에 와 있다고 생각하는가?"

"그가 말하지 않았습니까? 이제는 사냥꾼이 되어서 장왕이

못 다한 일을 계속하겠노라고."

"음. 단 공자는 그 말을 기억하고 있었군."

"장왕께서는 약초꾼이 되어서 온 산과 골짜기를 헤매고 다녔다고 했습니다. 지금은 쾌도왕이 그렇게 하고 있겠지요."

장왕에 대한 생각과 쾌도왕에 대한 그리움이 밀려들었는지 운도의 얼굴이 어두워졌다.

황준보가 고개를 끄덕였다.

"그렇지. 장왕에게도 또 나에게도 해야 할 일이 있었지. 그래서 장왕은 산과 골짜기를 헤매었고, 나는 장사꾼이 되어 온 세상의 저자와 들길, 물길을 헤매고 다녔다네."

"무엇인가를 찾기 위해 그런다면서요?"

"그렇다네. 하지만 아직도 찾지 못했으니…… 휴—"

"대체 무엇을 찾기에 그런 고생을 하는 것입니까? 저는 그게 궁금해서 더 참지 못하겠습니다."

"그렇겠지."

황준보의 얼굴에 갈등의 기색이 떠올랐다.

잠시 후 한숨을 내쉰 그가 운도의 팔을 이끌었다.

"좋아, 이제 단 공자에게도 말해줄 때가 가까웠다고 할 수 있지. 하지만 조금만 더 기다리게. 그러면 스스로 알게 될 테니까. 머지않았다네."

"정말입니까?"

운도가 기뻐했다.

그들의 비밀을 아는 게 곧 자기 자신의 처지를 아는 데에도 많은 도움이 될 것이라고 생각했기 때문이다.

운도가 이처럼 아무 불만 없이 황준보를 따라 온갖 고생을 겪으며 무작정 가고 있는 것은 오직 한 가지 이유 때문이었다.

바로 자신의 정체성을 찾겠다는 갈망이다.

내 근본이 무엇인지, 대체 내가 왜 부모의 얼굴도 알지 못한 채 등 선생의 손에서 자라야 했는지, 왜 십천지주가 되기 위한 계획의 한 부분이 되었던 건지, 그리고 왜 마교와 관련이 되어 있는 건지.

그 모든 게 중요하기 이루 말할 수 없는 어떤 일과 연관되어 있을 것이라고 짐작할 뿐, 그게 무엇인지는 조금도 알 수 없었다.

제 자신에 대하여 가장 중요한 것들을 모르니 그건 살아 있어도 살아 있는 게 아니고, 존재하고 있어도 존재하는 게 아니라고밖에는 말할 수 없다.

그래서 지금은 오직 자신을 둘러싸고 벌어지는 이 일들의 진실을 알고 싶을 뿐이었다.

운도는 황준보가 그 모든 비밀의 열쇠를 쥐고 있다고 믿었다.

그러나 황준보는 냉큼 말해주지 않았다.

한나절을 더 묵묵히 앞만 바라보고 길도 없는 산중을 이리저리 헤쳐 나아가기만 했다.

운도는 서두르지 않았다.

재촉해 봐야 소용없다는 걸 잘 알거니와, 황준보가 이제 때

가 되었다고 했으니 조만간 사실을 말해줄 것이라는 믿음이
있었던 것이다.

날이 저물어갈 무렵이 되자 저만큼 앞에 사냥꾼들의 임시
거처로 보이는 통나무집이 나타났다.

거친 돌로 토대와 벽의 아랫부분을 쌓고, 그 위에 통나무를
잇대어 지은 작은 집이었다.

"우리 저기에서 오늘 밤을 보내세. 내일이면 목적한 곳에 도
착할 수 있을 테니 오늘 밤은 편히 쉬는 게 좋을 거야."

"그렇게 하지요."

성큼성큼 통나무집으로 다가가는 황준보는 지금까지와는
달리 아무런 조심성도 없는 사람 같았다.

주위를 살피지도 않을뿐더러 조금도 경계하는 것 같지 않았
던 것이다.

마치 익숙한 제집에 돌아온 것처럼 거침없는 그를 따르며
운도는 무언가 알 수 없는 불안감을 느꼈다.

"들어오게."

낡은 문의 고리를 벗기고 손짓을 한 황준보가 성큼 안으로
들어갔다.

통나무집 안은 잘 정돈되어 있었다.

화덕과 솥단지도 있고, 선반에는 귀 떨어진 그릇 몇 개와 젓
가락통, 주방칼까지 있었다. 한쪽 벽에는 낡은 나무 침상도 있
다.

사냥꾼들이 이곳에 며칠씩 머물렀다가 가는 모양이었다.

“좋군, 여전해.”

휘 둘러본 황준보가 만족스럽다는 듯한 미소를 지었다.

“여기 와보신 적이 있는 모양이군요?”

“있다마다. 하지만 벌써 오래전이군.”

황준보가 아궁이에 쪼그리고 앉더니 화섭자를 꺼내 마른 장작에 불을 붙였다.

그것을 본 운도가 깜짝 놀랐다.

“그래도 되는 겁니까? 우리를 쫓는 자들이 연기와 불빛을 보고 찾아오지 않겠습니까?”

“하하, 걱정 말게. 곧 날이 어두워질 테니 연기는 숲에 깔려 흩어질 것이고, 불빛도 밖의 저 울창한 숲을 뚫지 못할 걸세.”

“그래도…….”

걱정을 하는 운도에게 황준보가 빈 물통을 내밀었다.

“아래쪽에 개울이 있네. 가서 물을 좀 떠다 주지 않겠나? 오랜만에 뜨거운 음식을 만들어 먹어보세.”

“정말 이래도 되는 것인지 모르겠군요.”

“되다마다.”

운도는 황준보가 이토록 태연하게 행동하는 건 그럴 만한 까닭이 있을 것이라고 믿었다.

말없이 물통을 들고 개울로 내려간 운도가 목부터 축이고 통에 물을 가득 담았다.

그것을 들고 일어난 그가 깜짝 놀라 굳어버렸다.

어둠이 깃든 숲속에 세 사람이 서서 바라보고 있었던 것이다.

언제 어디에서 다가왔는지 기척도 느끼지 못했기에 운도의
놀람은 더욱 컸다.
　짐승 가죽을 걸치고 모자를 썼으며, 허리에는 짧은 칼을 차
고 활을 든 사람들이었다.
　등에 보따리 한 개씩을 엇비스듬하게 메고 있다.
　사냥꾼의 행색을 한 낯선 자들.
　그자들이 번쩍이는 눈으로 운도를 뚫어져라 바라보고 있었
다.

　알아듣기 힘든 사투리로 떠들어대며 껄껄 웃기도 하는 그
들 세 명의 사냥꾼과 황준보가 운도에게는 신기하게만 여겨졌
다.
　그들은 장족의 용사들이라고 했다.
　황준보에 대해서는 매우 두려워하고 공경하는 것 같았으나
함께 어울려 잡담을 할 때는 또 친한 지인이 된 것처럼 스스럼
없이 대했다.
　그런 그들의 태도도 운도에게는 이해하기 힘든 일이었다.
　"단 공자가 매우 잘생겼다고 하는군."
　황준보가 운도를 돌아보고 빙긋 웃었다.
　세 명의 산도둑처럼 생긴 사내들이 엄지손가락을 치켜세워
보였다. 누런 이를 온통 드러내고 활짝 웃는다.
　운도는 그들이 떠들어대는 말을 하나도 알아들을 수 없으므
로 귀가 있으나 마나였다.

상관하지 않고 고기를 뜯어먹는 일에 열중한다.

그들이 등에 지고 있던 보따리 안에는 여러 가지 물품이 들어 있었는데, 그중 운도의 눈을 번쩍 뜨이게 한 건 잘 말린 쇠고기였다.

그것을 삶아내자 구수한 고기 국물과 함께 그 맛이 너무 좋았다.

향신료에 푹 절여서 연기로 그슬린 다음 응달에 걸어놓아 바짝 말린 것이라 그럴 것이다.

며칠 만에 먹어보는 따뜻한 음식인지 모른다.

제 몫 한 접시를 다 먹어치우자 온몸이 늘어지고 긴장마저 느슨하게 풀어져 버렸다.

연신 주거니 받거니 하며 두 부대의 술을 해치워 버린 세 사람의 사냥꾼은 이내 온다 간다 말도 없이 밖으로 나가 버렸다.

황준보가 불콰해진 얼굴로 운도를 손짓해 불렀다.

화덕 가에 다가앉자 친근한 미소를 건넨다.

운도는 궁금하던 것을 물어보았다.

"저들은 예전부터 알고 지내던 사람들이군요?"

"이곳을 지키는 수호령들이지."

"수호령이라고요? 귀신이란 말인가요?"

"하하, 그럴지도 모르네."

"농담을 하실 정도로 편하신 모양이니 보기 좋습니다."

비꼬는 투였지만 황준보는 개의치 않았다.

"여기는 세상과 완전히 떨어진 곳일세. 이곳이 세상과 그곳

을 이어주는 유일한 통로이고, 이 통나무집은 그 통로를 지키
는 관문이라고 해도 다르지 않네. 그러니 이곳을 지나가면 세
상의 끝에 다다르게 되는 거지."

"알 수 없군요."

어느덧 황준보의 표정은 진지하고 엄숙해져 있었다. 농담을
하는 것 같지 않으니 운도로서는 더욱 알 수 없는 일이었다.

황준보가 술기운으로 붉어진 얼굴을 들어 운도를 똑바로 바
라보았다.

그 눈 속에 이글거리는 숯불이 들어 있는 것 같아서 운도는
그와 눈을 마주칠 수 없었다.

한참 동안 그렇게 운도를 노려보듯 바라보던 황준보가 불쑥
물었다.

"단 공자, 지옥에 들어갈 준비가 되어 있는가?"

"예?"

"저 너머가 바로 그곳이지. 세상의 끝은 희망의 낙원이 아니
라 지옥인 게야."

"……"

황준보는 더욱 엄숙해졌다. 근엄함이 이제까지는 보지 못한
것이어서 낯설게까지 느껴졌다.

"단 공자는 나와 장왕이 무엇을 찾아 온 세상을 헤매었는지
궁금하다고 했지?"

"그렇습니다."

"무엇이라고 생각했는가?"

"글쎄요…… 절세의 보물이거나 영약이거나 뭐 그런 것 아닐까요? 아니면 어떤 사연으로 인해 사라진 마교의 비급일지도 모르고……."

황준보가 고개를 가로저으며 단호하게 말했다.

"틀렸네."

"아니라고요?"

"우리가 그토록 찾아 헤매는 건 한 사람이라네. 그의 흔적이라도 찾을 수 있기를 꿈에도 바라는 거지."

"아!"

"그 사람이 누구일 것이라고 생각하는가?"

운도의 표정도 이제는 심각해졌다. 떨리는 가슴을 애써 진정시키고 있는 기색이 역력했다.

"마교에서 그토록 찾아 헤매는 한 사람이라면…… 세상에서 종적이 씻은 듯 사라진 사람이라면…… 아! 바로, 바로 그분이란 말입니까?"

"말해보게."

"절대천마 풍약헌!"

운도의 얼굴이 경악과 당혹감으로 굳었고, 황준보의 얼굴에는 근엄한 중에 말할 수 없이 비통해하는 기색이 가득해졌다.

第五章
세상의 끝

마룡의
후예

통나무집 안에는 밖의 어둠보다 더 깊고 무거운 적막이 가
득했다.

돌처럼 침묵하기를 얼마쯤.

황준보가 느릿느릿 말했다.

"그분이 세상에서 사라진 지 십오 년이 훌쩍 지났네. 그날부
터 지금까지 온 세상을 뒤졌지만 찾지 못했지. 작은 흔적 하나
발견하지 못했어."

"그렇다면 그 신물은 어떻게 된 거죠? 원래 풍약헌 그분이
지니고 있어야 하는 것 아닌가요?"

"그렇지."

"그중 한 개를 황 대인께서 지니고 있게 된 이유에 대해서

말씀해 주세요."

"십오 년 전, 모악산 천주봉에서의 일전이 있은 후 그분께서 우리 십대천마를 한자리에 소집했지. 그 일이 있기 전까지 우리에 대한 백도십천의 추적이 집요해서 몇 사람이 심각한 부상을 입고 있었네. 장왕 진사곤과 귀염후가 그랬지. 나의 사부이신 상왕 왕자준과 갈포참의 사부이신 쾌도왕 전풍께서는 결국 돌아가시고 말았지만 말일세."

장왕 진사곤을 생각하고 운도는 다시 어둡고 우울한 마음이 되었다.

낮게 탄식한 황준보가 말을 계속했다.

"그분께서는 우리를 위로했지. 그리고 각자에게 신물을 한 개씩 나누어 주셨네. 그때까지만 해도 우리는 그분이 심각한 부상을 입고 있다는 걸 조금도 눈치채지 못했다네. 혼자서 백도십천을 굴복시키고 유유히 돌아오신 그 신위에 놀라고 경탄했을 뿐이지."

"그럼 신물을 전해주고 난 뒤에 홀연히 떠나셨군요?"

"그렇다네. 우리에게 중원을 떠나라고만 하셨을 뿐, 당신의 일에 대해서는 한마디 말씀도 없이 모습을 감추셨네."

"그래서 마교…… 아니, 홍안적성이 갑자기 중원에서 사라졌던 것이군요. 그리고 어쩌면 그분은……."

황준보가 손을 내저어 운도의 말을 가로막고 길게 탄식했다.

"그분이 돌아가셨을 것이라고는 말하지 말게. 우리는 물론 백도십천들조차 그런 생각은 하지 않고 있으니까.”

“…….”

“그 후 우리 중 두 사람은 중원에 남아서 신분을 감추고 끝까지 그분을 찾기로 했다네.”

“그게 바로 황 대인과 장왕의 임무였다는 건 알겠습니다. 그렇다면 왜 쾌도왕까지 남아 있었던 거지요? 그리고 그는 바보인 듯 가장한 채 송번성에서 푸줏간을 열고 있었습니다. 그러더니…… 아!”

운도가 무엇을 생각해 낸 듯 탄성을 터뜨렸다.

“이제 보니 쾌도왕은 내 주변을 맴돌고 있었던 것이로군요?”

황준보가 빙긋 웃었다.

“단지 쾌도왕 한 사람이라고 생각하는가?”

“그럼…….”

“잘 생각해 보게. 한 명이 더 있었을걸?”

“아!”

운도가 탄성을 터뜨렸다.

잊고 있었던 한 사람을 떠올린 것이다.

“그럼 염 부인도?”

“그렇다네.”

“그럼 그 염 아주머니께서도 실은 홍안적성의 십대천마 중 한 명이었단 말입니까?”

“한때 세상은 그녀를 귀염후(鬼艶后)라고 불렀다네.”

황준보의 얼굴이 어두워졌다.

운도는 염 부인에게 어떤 사정이 있을 것이라고만 짐작했을 뿐, 아직 한 번도 그녀와 홍안적성의 십대천마를 연관시켜 생각해 본 적이 없었다.

귀염후라는 별칭이 얼마나 대단했던 건지 조금도 알지 못한다.

다만 병색이 완연해서 늘 침상에 누워 있던 가엾은 산골 아낙을 기억할 뿐이다.

"그랬군요. 염 부인은 그 당시에 이미 심각한 내상을 입고 있었던 것이군요. 혼자서 애썼지만 그것을 끝내 극복하지 못했던 거야……."

운도는 비로소 소정의 어머니가 왜 그렇게 허약했던 건지 이해할 수 있었다. 그러자 또 한 가지의 의문이 생겼다.

"염 부인은 당시에 이미 심각한 부상을 입었는데 어째서 홍안적성으로 돌아가지 않았단 말입니까?"

황준보가 길게 탄식했다.

"그녀에게는 말 못할 사정이 있었지. 누구도 그녀의 고집을 꺾을 수 없었다네."

그 말 못할 사정이라는 게 무엇인지 궁금했지만 운도는 더 물을 수가 없었다.

황준보의 안색이 침울함이 지나쳐 곧 울 듯했기 때문이다.

운도는 염 부인과 황준보의 사이가 매우 각별했던 모양이라고 추측했다.

애써 궁금증을 누르고 사부 등 선생이 데리고 갔다는 작은 계집애 소정의 얼굴을 하나 가득 떠올렸다.

그 어린것이 지금 어디에서 무엇을 하고 있는지.

하나뿐인 어머니를 의지하고 살다가 그마저 잃어버린 상심이 얼마나 컸을지 생각하자 가슴이 답답해졌다.

그리고 떠오르는 또 하나의 얼굴.

'사부……'

결코 잊을 수 없는 사람이었다.

등 선생.

사부의 근엄하고 인자한 얼굴이 눈앞에 어른거려 운도는 마음이 아팠다.

얼마나 깊은 정을 주었던 사람이던가.

핏덩이였던 자기를 열다섯 살이 되도록 키워준 고마운 사람이면서 은인이기도 했다.

때로는 아버지로 여기기까지 했던 그 사람을 운도는 죽어도 잊을 수 없었다.

'사부는 과연 등 선생인가, 아니면 화산파의 무량자 이릉운인가.'

사부를 생각할 때마다 운도에게는 그가 저를 속여왔다는 서운함이 컸지만 그를 믿는 마음을 완전히 버릴 수 없었다.

사부에 대한 그리움이 아직도 남아 있었던 것이다.

정이라는 것이다.

그래서 사부를 생각할 때마다 괴롭기만 했다. 갈팡질팡하는 그런 제 마음 때문에 화가 나기도 했다.

하지만 소년의 티를 벗지 못한 운도는 저의 그런 문제를 감당할 만한 자제력을 아직 갖지 못했다.

그래서 사부를 생각하면 더욱 어지러워지기만 한다.

'염 아주머니…….'

운도는 애써 생각을 염 부인에게로 되돌렸다.

임종 직전 자신에게 천마심공이 적힌 책자를 넘겨주기 전까지 운도는 그녀가 강호의 여걸일 것이라고는 꿈에도 생각하지 못하고 있었다.

소정이조차도 자신의 어머니가 그런 사람이었다는 걸 조금도 모르고 있었을 것이다.

'하지만 사부님은 알고 계셨던 게 아닐까?'

운도의 생각이 다시 사부에게로 향했다. 저절로 그렇게 된다.

어쩌면 그럴지도 모른다는 생각이 자꾸 들었다.

'그래서 소정이를 데려가신 건 아닐까?'

이제는 그런 의심마저 들었다.

저의 상념에 깊이 빠져들어 가 멍해져 있는 운도를 물끄러미 바라보던 황준보가 착잡한 얼굴이 되어 긴 한숨을 내쉬고 다시 말했다.

"그녀의 딱한 사연을 어찌 한두 마디 말로 다 할 것인가. 며칠 밤을 새우며 이야기해도 부족할 테니 그 사연은 다음으로 미루세."

"좋습니다. 하지만 쾌도왕과 염 부인이 어째서 제 주위에 머물러 있었던 건지는 말해줄 수 있으시겠지요?"

"왜 그랬을 것이라고 생각하나?"

"모르겠습니다."

"그들은 단 공자 자네를 지키려고 했던 것이네."

"저를 지킨다고요? 무엇으로부터 말입니까?"

"정확하게는 단 공자 자네의 운명을 지키려 했던 거라고 할 수 있겠군."

"왜? 어째서요? 제가 그들과 무슨 상관이 있기에 그렇게 한단 말입니까?"

"그것을 알게 되면 단 공자의 모든 의문이 저절로 풀리겠지. 그것 때문에 여기까지 나를 따라온 것이기도 할 테고."

"그렇습니다. 때문에 저는 더욱 알고 싶습니다. 쾌도왕, 그리고 염 부인과 제가 무슨 상관이 있는지 궁금해 미칠 지경입니다."

"으음—"

황준보의 근엄하던 얼굴에 갈등의 기색이 더해졌다.

그는 운도에게 사실을 말해주는 것이 그를 위해 이로울지, 아닌지를 놓고 고민하는 모양이었다.

운도는 긴장하여 그의 입만 바라보고 있었다.

"이렇게 하세. 나하고 한 가지 약속을 하는 거야."

"약속이라고요?"

"나는 장사꾼 아닌가. 모든 걸 거래로 생각하는 사람이야.

그러니 이 일도 단 공자와의 거래를 통해 해결해야 마땅하겠지.”

“말씀하십시오.”

“나는, 아니, 우리는 단 공자를 시험해 보기 원하네. 정말 자네가 우리 모두의 기대를 받을 만한 자격이 있는지 없는지 궁금한 거지.”

“시험이라고요?”

“그 시험을 통과하면 단 공자는 나와 우리 모두에게 충분한 희망을 주게 되는 거지. 그 대가로 나는 자네가 궁금해하는 걸 모두 말해주겠네. 어떤가, 이 조건이?”

“대체 무슨 시험입니까?”

“지옥에 들어가는 거지.”

“예?”

황준보의 뜬금없는 소리에 운도가 어리둥절해서 눈을 크게 떴다.

“내가 말했지 않은가? 이곳이 세상 끝으로 들어가는 관문이고, 세상의 끝은 바로 지옥이라고. 자네는 그곳으로 들어갈 수 있겠나?”

“지옥…….”

운도는 아직도 그 말의 의미를 이해할 수 없었다.

“좀 더 자세히 말씀해 주십시오.”

“열기구 안에서 말했을 거네. 우리에게는 홍안적성을 광명한 세상으로 이끌어줄 지주가 필요하다고.”

운도는 그때의 일을 똑똑히 기억하고 있었다.

황준보는 바로 그렇게 해줄 사람이 단운도 자신이라고 하지 않았던가.

그는 운명이라는 말로 못을 박았다.

운도가 그런 운명을 타고났다는 것이다.

그때 단운도는 '세상에 그런 운명을 갖고 태어나는 사람이 어디 있단 말인가?' 하고 마음속으로 그 말을 부정했었다.

그런데 황준보는 그것을 단단히 믿는 모양이었다.

쾌도왕과 염부인, 그리고 장왕 또한 그랬다는 걸 생각하자 부담이 커졌다.

'대체 나에게 어떤 사연이 있단 말인가?'

그런 의문이 증폭될수록 반드시 알아내고야 말겠다는 결심도 굳어진다.

황준보가 다시 말했다.

"그 운명을 스스로 시험해 보는 것이기도 하네. 그러니 반드시 그곳에 들어가야만 하지."

"좋습니다. 대체 그곳이 어떤 곳이고, 제가 그곳에서 무얼 해야 하는 겁니까?"

"말했잖은가, 그곳은 지옥이라고. 그 누구라도 한번 들어가면 마음대로 나올 수가 없지."

"아예 길이 없는 건 아니겠지요?"

"물론이네. 나올 수 있는 기회가 있지. 앞으로 일 년 뒤에 단 한 번 생문이 열릴 텐데 그게 유일한 기회일세."

"기관진식 같은 것입니까?"

"가보면 아네."

황준보가 다시 이글거리는 눈으로 운도를 노려보듯 바라보았다.

"가겠는가?"

"좋습니다!"

"잘못되면 죽을 수도 있네. 어쩌면 그렇게 될 확률이 더 높을지도 모르지. 그래도 해보겠는가?"

"물론입니다!"

운도는 더 생각하지 않기로 했다. 아무리 생각해 봐야 제 스스로 알아낼 수 있는 건 아무것도 없다는 걸 자각했기 때문이다.

이제는 싫다고 해도 소용없으리라는 것도 짐작했다.

황준보가 저를 이리로 데리고 온 것은, 아니, 쾌도왕이 저를 황준보에게 맡긴 것은 바로 그 지옥에 밀어 넣기 위해서라는 확신이 들었던 것이다.

그렇다면 가서 부딪치리라.

그들이 원하기 때문이 아니라 내 스스로를 위해서 반드시 그렇게 하리라.

부딪쳐서 깨뜨리고 나오리라.

그것이 아무리 험난한 관문일지라도 내 힘으로 무너뜨리고 말리라.

그리고 황준보 앞에 우뚝 서서 당당히 요구하리라.

이제 당신이 알고 있는 모든 걸 터럭만큼도 감추지 말고 다 말하라고.

"좋아. 각오가 되어 있다면 가세."

황준보가 자리를 박차고 일어섰다.

*   *   *

백도십천의 회합.

그건 실로 십오 년 만에 이루어진 경천동지할 사건이었다.

하지만 강호에서 그런 일이 있다는 것을 아는 자는 극히 적었다.

형산 북쪽.

상강의 흰 물굽이가 내려다보이는 높은 바위 봉우리 위에서 그들은 모였다.

십천 중 세 사람이 빠졌을 뿐이었다.

한 명은 도대체 어디에 있는 건지 알 수 없는 화산의 무량자 이릉운이고, 다른 한 명은 흑풍객 장하륜이었다.

흑풍객은 위서향을 데리고 상담진의 목씨조방을 떠난 이후 어디로 갔는지 종적이 묘연했다.

그리고 아미파의 적운 사태가 폐관수련 중이라는 이유로 불참했다.

세 사람이 빠졌지만 아무도 그들이 참석하지 않은 걸 탓하지 않았다.

이릉운은 신비한 사람이고 흑풍객은 제멋대로인 사람이며 적운 사태는 자부심과 고집이 센 노사태라는 걸 모르는 사람이 없기 때문이다.

오늘의 회합을 주도한 사람은 풍사곡주 위진평이었다.

그들 일곱 명의 절대자들은 마당처럼 넓적한 바위 위에 원을 그리고 둘러앉아 있었다.

십오 년 전, 그들에게 잊을 수 없는 수치를 안겨준 모악산 천궁봉의 너럭바위를 연상케 해주는 곳이다.

휘이잉—

산정의 매서운 바람이 휩쓸고 가지만 누구도 꼼짝 하지 않았다.

마치 일곱 개의 석상이 앉아 있는 것 같다.

소림의 탕마무불 각원 선사.

무당의 진양자 담옥천.

점창의 낙일검객 이풍룡.

개방의 풍진걸개 양위허.

산동의 하가신창 하운봉.

을목장주 관패호.

풍사곡주 위진평.

홀로 존재했다면 능히 천하를 넘보았을 만한 절대자들.

한 시대에 그런 사람들이 열 명씩이나 존재하게 되었다는 건 불가사의한 일이기도 했다.

그들 개개인에게는 불행이기도 하리라.

다들 좌화한 것처럼 침묵하는 시간이 끝없이 흘러갔다.

—절대천마의 부활.

위진평의 그 말 한마디가 그들 모두를 깊은 흑암의 어둠 속으로 밀어 떨어뜨린 것 같았다.

다시 한참의 침묵이 흘러간 후 위진평이 비로소 입을 열었다.

"장왕 진사곤으로부터 들은 말이니 틀림없을 것이오."

"왜?!"

성격이 불같은 을목장주 관패호가 버럭 소리쳤다.

"왜 그 말을 이제야 하는 것이오? 대체 무슨 속셈이오?"

"응?"

무슨 속셈이냐는 말에 기분이 상한 듯 위진평이 눈썹을 꿈틀거렸다.

관패호가 아랑곳하지 않고 소리쳤다.

"위 곡주가 진작 그 말을 해주었더라면 그때 나와 무당의 담형은 어떤 희생을 치르더라도 흑풍객을 막고 그놈들을 잡았을 것이오!"

무당의 진양자 담옥천이 천천히 고개를 끄덕인다.

모든 사람의 시선이 위진평에게 꽂혔다.

관패호의 말에 심중으로 동의하는 것이다.

위진평이 한숨을 쉬었다.

"나는 흑풍객이 그런 짓을 할 줄 전혀 몰랐다오."

"흥!"

관패호가 사납게 흘겨보며 코웃음을 쳤다.

"하나뿐인 딸을 그자에게 맡길 만큼 두 사람 사이의 관계가 친밀한 것 아니었소? 그리고 위 형의 따님과 단운도라는 녀석이 손을 꼭 잡고 함께 있더군."

관패호의 얼굴에는 비웃음과 함께 위진평을 신뢰하지 못하겠다는 기색이 노골적으로 떠올라 있었다.

"관 형, 말이 과하오!"

자신이 애지중지하는 위서향마저 들먹이는 데에는 어지간한 위진평도 화를 참기 힘들었다.

그가 노성을 터뜨리자 하가신창 하운봉이 끼어들었다.

"위 곡주, 그리고 관 형. 잠시 두 사람 사이의 감정을 접어두는 게 좋을 것 같소. 위 곡주에게 어떤 사정이 있는 모양인데 그 해명은 나중에 들어도 되니 지금은 마교의 일에 대하여 물어봅시다."

그는 짐짓 두 사람 사이의 감정을 거론함으로써 호남 땅에 함께 있는 위진평과 관패호의 사이가 경쟁적이라는 걸 드러냈다.

한 산에 두 마리의 호랑이가 살고 있는 셈이니 그들은 싫어도 서로를 의식하지 않을 수 없었고, 때로는 그게 표면으로 드러나 감정을 상하는 일도 있었다.

하운봉의 말은 그런 이유 때문에 위진평이 감정적으로 이번 일을 처리하지 않았느냐는 꾸짖음의 의미를 내포하고 있기도 했다.

그는 또한 해명이라는 말로써 나 역시 너를 신뢰하지 않는다는 의미를 은연중에 드러냈다.

그런 하운봉의 말뜻을 알아듣지 못할 사람은 아무도 없었다.

위진평이 낯을 찌푸리고 한숨을 쉬었다.

흑풍객이 이번 일에 끼어들어 방해를 했고, 거기에 위서향마저 함께 있었으니 변명할 여지가 없는 것이다.

그가 난감해할 때 내내 조는 듯 눈을 감고 있던 풍진걸개 양위허가 잠꼬대하듯이 중얼거렸다.

"흑풍객의 입장이 되어보지 않았으면 말을 하지 말아야지."

그 한마디에 모두의 날카로운 시선이 일제히 양위허에게 꽂혔다.

그러나 양위허는 여전히 눈을 감은 채 고개마저 끄덕거리며 중얼거렸다.

"나에게 그런 제안이 들어왔다면 나 또한 흑풍객처럼 했을 거야. 여기 있는 사람들 중 과연 그렇게 하지 않을 사람이 누가 있을까?"

"으음―"

정곡을 찌르는 그 말에 관패호와 하운봉인 된 숨을 내쉬고 입을 다물었다.

"흥, 이런 상황에서도 다들 서로를 비난하려고만 하니 한심한 일이구나."

양위허의 말은 거침이 없었다.

"이럴 바에는 백도십천이고 나발이고 다 때려치우고 그냥 저 하고 싶은 대로 하면서 사는 게 속 편하지 않겠느냐?"

이제는 다시 모두가 침묵했다.

그들은 하나같이 자기 자신을 돌아보지 않을 수 없었다.

'마교의 상왕이라는 자가 신물을 돌려줄 테니 저희들을 목씨조방까지 호위해 달라고 했다면 나는 과연 그걸 거절할 수 있었을까?'

그런 자기 자신에 대한 질문에 한 사람도 단호하게 거절하겠노라고 대답할 수 있는 사람은 없었다.

그러므로 그들은 더 이상 흑풍객의 행위를 비난할 수 없었고, 그를 방조한 위진평을 탓할 수가 없었다.

눈을 뜬 풍진걸개 양위허가 졸린 듯 하품을 하고는 두리번거렸다.

"자, 이제 다시 말해보게. 그래, 그놈들이 절대천마를 부활시킬 음모를 꾸미고 있다고?"

위진평이 심각해진 얼굴을 끄덕였다.

양위허를 바라보는 눈길에 고마움이 어려 있다.

"장왕 진사곤이 죽기 전 그와 같이 말했소이다."

"그럼 그런가 보군. 하긴, 내가 마교의 인물이라고 해도 그런 생각을 했을 거야."

그 말에 하가신창 하운봉이 눈썹을 꿈틀거리고 나섰다.

"양 형은 그들을 두둔하는 것이오?"

양위허가 심드렁하게 대답했다.

"그럼 우리가 십천지주를 탄생시키려는 건 뭐지? 그놈들이 절대천마를 부활시키려는 걸 탓할 수 있는 거냐?"

"우리와 그들과는 다르지 않소!"

"쯧쯧, 이걸 좀 써봐, 이걸 말이야."

양위허가 벌컥 화를 내는 하운봉을 향해 제 머리를 콕콕 찔러 보였다.

"우리가 십천지주를 탄생시키려는 계획을 세운 건 바로 마교에서 다시 절대천마 풍약헌 같은 자가 나올지도 모른다는 걸 걱정했기 때문이 아니었겠느냐? 안 그렇다면 누가 제 절기를 엄한 놈에게 고스란히 물려주려고 하겠어? 십천지약이 뭐가 필요해?"

"끄응―"

"그 말은 곧 마교가 이대 절대천마를 만들어낼 것이라고 우리 모두 오래전부터 예상하고 있었다는 게 되지. 안 그러냐?"

"……."

"이미 짐작하고 있었으면서 그걸 서로 이야기하지 않았을 뿐이야. 그럼 왜 그랬겠어? 두려워서였지."

제가 질문하고 제가 대답하는 양위허의 말에 모두는 침묵할 수밖에 없었다.

궁정이다.

양위허가 천천히 허리를 펴고 곧게 앉더니 정색을 했다. 그러자 이제까지와는 다른 엄중하고 장엄한 기상이 하늘을 찌를 듯 뻗쳐 나왔다.

십대천주들 중 양위허의 나이가 가장 많았으므로 그는 은연중에 존장의 역할을 하고 있었다.

평소에 그는 실없는 말을 잘 하고 빈정거리기를 밥 먹기보다 좋아해서 모두의 핀잔을 받았다. 그러나 한 번씩 이렇게 정색을 하고 말할 때면 그의 말 한마디 한마디가 절로 무게를 갖고 모두를 억눌렀다.

"이 모든 의문의 열쇠를 쥐고 있는 건 바로 화산의 이릉운이다."

그의 말에 모두가 머리를 끄덕여 공감을 표했다.

"마교의 십대천마 중 드러난 자가 벌써 세 명이다. 그들 중 장왕이라는 자는 스스로 목숨을 버리면서 단운도라는 아이를 지켰고, 쾌도왕과 상왕이라는 자들 또한 자신들의 안위를 뒤로한 채 오직 그 아이를 보호하는 데에 모든 걸 걸었다."

"……."

"그 말은 마교에 있어서 단운도라는 아이가 그만큼 중요하다는 것이겠지. 어쩌면 그들은 절대천마의 후예로 그 아이를 오래전부터 점찍어놓고 있었을지도 모른다."

쾌도왕이 송번성에서부터 단운도와 가까이 지냈고, 상왕이 그 소년을 풍사곡까지 인도해 왔었다는 걸 알고 있는 모두는 양위허의 말에 십분 공감할 수밖에 없었다.

양위허가 다시 말했다.

"그러나 그 아이의 어디가 어떻기에 그놈들이 그토록 중요하게 여기는 건지 우리는 하나도 제대로 알지 못하고 있다."

잠시 말을 멈추고 번쩍이는 시선을 풍사곡주 위진평에게 돌렸다.

위진평이 천천히 고개를 끄덕였다.

"그렇소이다. 양 형의 말씀이 옳소. 나 또한 그 아이에 대해서는 그가 이릉운의 제자로서 십천지약에 따라 풍사곡에 왔다는 것만 알 뿐 그 밖의 것은 조금도 알지 못하오."

"특이한 점은 없었고?"

"자질이 훌륭하기는 했소이다만 만고의 기재라던가 그런 것과는 다르오."

"어떻게?"

"그 아이의 말에 의하면 이릉운은 지난 십 년 동안 오직 한 가지 검법만을 가르쳐 주었다고 하오."

"한 가지 검법을 십 년씩이나?"

양위허가 믿을 수 없다는 듯 눈을 크게 떴고, 다들 어리둥절해서 서로를 돌아보았다.

이릉운이라면 화산의 진전을 한 몸에 지니고 있는 절대자 아닌가.

그런 그가 제자에게 오직 한 가지 검법만을, 그것도 십 년에 걸쳐서 전수했다는 걸 믿기 힘들었다.

위진평이 낮게 헛기침을 하고 나서 다시 말했다.

"그런데 그 검법은 화산의 절기와는 거리가 멀었소. 화려하고 기기묘묘했을 뿐 실전에서는 조금도 쓸모가 없는 그런 엉뚱한 것이었다오."

"어허—"

"대체 무슨 생각으로 그런……."

"화산의 이릉운이 드디어 미쳤는가?"

"이건 정말 이해할 수 없구려."

"쯧쯧—"

위진평의 말을 들은 사람들이 모두 눈살을 잔뜩 찌푸린 채 탄성을 터뜨렸다.

오직 풍진걸개 양위허만이 두 눈을 부릅뜨고 위진평을 바라볼 뿐이다.

그가 손을 들어 모두의 술렁거림을 그치게 하고 재촉했다.

"그래서? 하려는 말을 마저 해보게."

"나는 의문을 갖고 풍운검법이라는 그것을 자세히 지켜보았소. 그 결과 한 가지 놀라운 사실을 깨달았지요."

"그게 뭐요?"

다들 한목소리로 채근했다. 긴장으로 마른침을 삼키며 이릉운을 뚫어지게 바라본다.

"그건 세상에 둘도 없는 검법으로써 이릉운이 오직 단운도 그 아이를 위하여 고심을 기울여 창안해 낸 게 틀림없었소."

"그러니까 뭐가 어떻게 다르고 특별하다는 건가?"

양위허의 재촉은 모두의 심정을 대변한 것이기도 했다.

그러나 위진평은 조금도 서두르지 않고 여전히 침착하게 말했다.

"그 검법을 대성한다면 천하의 모든 무공을 어려움없이 익힐 수 있게 될 것이오."

"뭐야? 아니, 세상에 그런 검법이 어디 있어?"

"나는 믿을 수 없군."

"위 곡주, 과장이 너무 심한 것 아니오?"

사람들이 다시 일제히 떠들어대기 시작했다.

그들이 잠잠해질 때까지 묵묵히 기다렸던 위진평이 역시 침착하게 말했다.

"모두 자신의 절기를 제자가 쉽게 익힐 수 있도록 한 가지 보조적인 수단을 만들어두었을 것이오. 나는 척사검법을 위해 황룡장이라는 장법을 만들었지. 다른 분들은 그렇지 않소?"

그의 말에 모두는 침묵으로 긍정했다.

절정의 절기는 쉽게 익힐 수 없는 것이다. 그래서 그것의 의미와 깊고 오묘한 뜻을 좀 더 쉽게 전하기 위해 무언가 특이한 수단을 준비하는 게 이상한 일은 아니었다.

그러니 제자를 위해 징검다리를 놓아주는 것과 같은데, 그것이 영약일 수도 있고, 운기도인법일 수도 있으며, 신체 각 부분의 유연성과 적응력을 끌어올려 주는 투로(套路)와 같은 방법일 수도 있다.

위진평이 황룡장법이라는 것을 창안하여 척사검법을 익히

기 위한 보조 수단으로 삼은 것도 그런 이유에서였다.

그 안에 운기와 운신은 물론 신체의 활동성을 극대화시켜 주는 묘법을 나누어 담았으므로 그것을 대성하면 척사검법의 운용법과 오의(奧義)를 보다 쉽게 터득할 수 있게 되는 것이다.

그런 이치를 누구보다 잘 알고 있는 사람들이기에 마음이 무거워졌다.

위진평의 말이 계속되었다.

"이릉운이 창안했다는 풍운검법은 그것 자체로서는 쓸모가 없으나 대성한다면 천하의 모든 무공을 쉽게 익힐 수 있는 비결이 넘치도록 담겨 있는 기가 막힌 것이었소. 그러니 그건 천하의 그 어떤 절기, 절학보다 심오하고 멋진 것이라고 해야 마땅할 것이오."

"과연 그런 게 존재할 수 있단 말인가?"

양위허가 고개를 갸웃거렸다.

자신의 개방 절기만 해도 그랬다.

그것에는 오랜 세월 동안 은밀히 전해져 온 개방 특유의 비법이 들어 있지 않던가. 그러므로 그 비법에 정통하지 않고서는 제아무리 천고의 기재라고 할지라도 개방의 절학을 제대로 익힐 수가 없는 것이다.

역사와 전통을 자랑하는 구파일방의 절기들 또한 그럴 것이다.

그들만의 비전을 물려받지 않고서는 아무리 노력해도 궁극의 경지에 결코 오를 수 없다. 그러하기에 절기라고 하는 것 아니겠는가.

그런데 이릉운이 그 모든 비전들을 무시해도 좋을 통합적인 원리를 발견해 냈고, 그것을 검법에 담아 구현했다는 건 누구도 믿지 못할 일이었다.

그러나 위진평이 거짓말을 하는 것 같지는 않았다. 그럴 이유도 없다.

그래서 십천의 천주들은 더욱 혼란스러워지기만 했다.

위진평의 말이 느릿느릿 계속되었다.

"풍운검법을 본 후 며칠을 두고 생각해 보았으나 결론은 같았소이다. 그 검법이야말로 백문 백파의 비전 절기들을 무색케 하는 절세적인 것이 틀림없소."

"그럼 단운도라는 아이가 그것을 대성했단 말이지?"

양위허의 다그치는 듯한 말에 위진평이 고개를 끄덕였다.

"그렇소이다. 양 형의 말씀대로요. 단운도는 이미 그것을 대성했을뿐더러 제 몸과 하나가 되어 무공의 근간으로 삼고 있었소이다."

"아!"

양위허의 안색이 심각해지다 못해 창백하게 굳어졌다.

"그렇다면 그 아이는 장차 천하의 모든 무공들에 통달할 수 있겠구나. 제아무리 어렵고 까다로운 절기라고 해도 젓가락질을 하듯 쉽게 익힐 수 있을 것이다."

"아!"

양위허의 말에 모두가 탄성을 터뜨렸다.

두려워하는 기색들이 역력했다.

그들은 비로소 마교에서 왜 단운도를 탐내는지 이해할 수 있을 것 같았다.

운도라면 마교의 그 많은 초절한 절기들을 누구보다 쉽고 빠르게 배울 수 있을 것 아닌가.

그렇게 되면 그 아이는 절대천마 풍약헌보다 오히려 무시무시해질 것이다.

양위허가 버럭 소리를 질렀다.

"그렇다면 마교에서는 오래전부터 이릉운이 그와 같은 절기를 창안해 내려 한다는 걸 알고 있었단 말인가? 그리고 그것을 단운도라는 아이에게 전해줄 것임을 알았단 말인가? 어떻게?"

그의 말속에는 이릉운이 혹시 마교와 결탁했거나 그들의 영향력을 받고 있는 게 아니냐는 의혹이 들어 있었다.

그러나 그것에 속 시원히 대답해 줄 사람은 아무도 없었다.

다만 공통적으로 이릉운과 마교가 어떻게든 연관되어 있을지 모른다는 의심을 할 뿐이다.

위진평이 심각하게 말했다.

"그렇지 않을지도 모르지요. 이 안에는 우리가 알지 못하는 복잡한 사정이 있는 게 틀림없소이다. 그러니 이릉운 본인이 설명해 주기 전에는 아무도 함부로 짐작해서는 안 될 것이오."

"끄응—"

위진평의 말 또한 사리에 맞는 것이었기에 아무도 반박하지 못했다.

지금으로서는 사라져 버린 이릉운을 찾아내는 게 시급하다는 데에 공감했다.

위진평이 다시 말했다.

"그러므로 우리는 십천지약을 서둘러 앞당길 필요가 있겠소이다."

"어떻게?"

"지금처럼 두 무리로 나누어 오 년씩 연마하게 한 후 다시 두 사람을 뽑아 오 년을 더 연마하게 하고, 그 뒤에 최종적으로 한 명을 선출해 십천지주로 삼기에는 너무 늦을지도 모르지 않겠소? 그 안에 마교에서는 이대 절대천마를 탄생시킬 수도 있으니 말이오."

"위 곡주의 의중을 말씀해 보시오."

이제는 하운봉이나 관패호도 위진평을 비방하지 않았다.

지금은 합심하여 과업을 앞당겨야 할 때라는 위기감을 느낀 것이다.

위진평이 위압적인 기세를 뭉클 피워 올리며 단호하게 말했다.

"한군데 모읍시다. 그리고 우리가 두 사람씩 짝지어 돌아가며 사부이면서 교두가 되어 독려하는 거요. 그렇게 하면 십 년 기한을 육칠 년으로 앞당길 수 있을 것 아니겠소? 지금으로서는 그 방법만이 최단기간 내에 십천지주를 탄생시키는 유일한 방법일 것이오. 하지만 나 혼자서 결정할 수는 없는 일. 여러

형제들의 동의가 필요하기에 이처럼 모이시라 한 것이오.”

십천지주의 선출 방식을 대폭 수정하자는 제안이었다.

그리고 지금은 위진평의 그러한 제안만이 최선이라는 걸 모두는 공감했다.

“그렇게 하세!”

풍진걸개 양위허가 손뼉을 부딪쳐 소리를 내며 커다랗게 외쳤다.

그의 한마디는 곧 모두의 심정을 대표한 것이었다.

아무도 이의를 제기하는 사람이 없다.

第六章
지옥(地獄)에서의 첫 만남

“아!”

운도가 악몽에 짓눌려 놀란 것처럼 비명 같은 외침과 함께 눈을 번쩍 떴다.

아직도 머릿속이 울리고 귀에는 이명이 남아 있어서 어지러웠다.

잔뜩 얼굴을 찌푸리고 고통을 참으며 가까스로 몸을 일으켜 앉은 운도가 주위를 두리번거리더니 다시 “아!” 하고 놀란 외침을 터뜨렸다.

주변의 풍경이 끔찍하고 무시무시하게 느껴졌던 것이다.

이끼에 덮여 있는 크고 작은 바위들이 우뚝우뚝 솟아 있었는데, 천고의 절진(絶陣)을 베풀어놓은 것 같았다.

짙은 안개 속에 솟아 있는 그것들은 시커먼 괴물들이 송곳
니를 드러내고 으르렁거리며 몰려드는 것 같기도 했다.
　썩어버린 나무둥치들이 여기저기 푹푹 꽂혀 있고, 그것들을
이끼와 넝쿨들이 칭칭 감고 늘어져 있어서 더욱 음산해 보였
다.
　아무도 없었다.
　살아 있는 건 벌레 한 마리도 있을 것 같지 않은 그 삭막한
풍경 속에서 운도는 제가 지금 악몽을 꾸고 있는 건지도 모른
다고 생각했다.
　그러나 온몸으로 스멀스멀 스며드는 이 짙은 안개와 그것의
축축한 기운, 그리고 옷과 피부를 적시고 드디어 뼛속까지 차
갑게 얼려 버리는 한기는 꿈이 아니었다.

　"행운을 빌겠소."

　낯선 그 한마디의 말이 불쑥 떠올랐다.
　그리고 몸에 가해지던 강한 충격과 돌덩이들이 우르르 하고
쏟아져 내리던 소리.
　그 소리가 의식과 함께 빠르게 사라졌었다는 것을 기억해
낸다.
　깡마른 노인이었다.
　늘 황준보의 곁에 있으면서 온갖 궂은일을 한마디의 말도
없이 행하던 바로 그 노인이었던 것이다.

운도는 노인의 말을 그때 처음 들었다.

삭막하고 건조해서 쩍쩍 갈라지는 것처럼 듣기 싫은 음성이었다.

"행운을 빌겠소."

그 말을 하기 전에 몇 마디 더 한 것 같은데 지금은 아무것도 생각이 나지 않았다.

강하게 얻어맞고 가파른 비탈 아래로 굴러 떨어진 모양이라고 짐작은 한다. 그러나 아무리 두리번거려 보아도 비탈은 보이지 않았다.

사방이 온통 짙은 안개속일 뿐이다.

*   *   *

운도는 황준보를 따라 숲속을 얼마쯤 지나왔을 때 그를 보았다.

다른 곳과는 달리 어느 경계에서부터 안개가 자욱하게 끼어 머물러 있었는데, 거기에 한 사람이 우뚝 서 있었던 것이다.

눈에 익은 형체였다.

황준보의 손에 이끌리어 불안한 마음으로 조금 더 다가가자 비로소 그 사람을 알아볼 수 있었다.

운도가 의아해져서 황준보를 돌아보았다.

바로 그의 시종으로 늘 함께 있던 노인이었던 것이다.

깡마르고 말이 없는 노인에 대하여 운도는 그가 충직하다는 것만 기억할 뿐 아는 게 전혀 없었다.

동정호에서 헤어진 후 보지 못했는데 이런 곳에 먼저 와 기다리고 있었다는 게 이상하기도 했다.

노인이 황준보에게 허리를 숙여 인사를 했다. 여전히 말은 하지 않는다.

황준보가 고개를 끄덕이고는 운도에게 말했다.

"나는 더 이상 들어갈 수 없다네. 단 공자는 이제부터 추노를 따라가야 하네."

운도는 그제야 노인이 추노(秋老)라고 불린다는 걸 알았다.

성이 추 씨인 모양인데 이름은 여전히 알 수 없다.

"여기가 지옥이라는 곳인가요?"

"저 안개 속으로 들어가면 그곳에 이르게 될 걸세. 더 이상 자세한 것은 나도 모르네. 오직 추노가 알고 있을 뿐이지."

운도는 황준보의 그 말에 더욱 어리둥절해졌다.

황준보가 빙긋 웃으며 운도의 어깨를 다독여 주었다.

"많은 것을 알려고 하지 말게. 지금 당장의 일을 주시하고 그것에 대처할 방법을 부지런히 생각하는 게 현명한 일이야. 그러다 보면 궁금해하던 것들을 모두 알 수 있게 되겠지."

"그럼 황 대인께서는 이제 돌아가시는 겁니까? 여기서 작별해야 하는 건가요?"

서운하기 짝이 없다.

떨어지고 싶지 않았다.

황준보 역시 서운한 듯 운도의 손을 꼭 잡았다.

"그게 이곳의 규칙이라네. 외인은 절대로 저 안개 속으로 한 발짝도 들어갈 수 없지."

"그럼 추노는 외인이 아니란 말입니까?"

"그는 원래 이곳의 사람이 아니었지. 하지만 이제는 이곳을 관장하는 사람이 되었네."

추노가 어떤 사람인지 조금도 알지 못하지만 홍안적성에서 그에게 지옥으로 불리는 그들만의 은밀한 곳을 맡겼다면 추노 또한 평범한 노인은 아닐 것이다.

'그는 대체 어떤 내력을 지닌 사람일까?

그런 궁금증이 컸으나 지금은 그걸 캐묻고 있을 때가 아니었다.

운도가 불안해하고 두려워한다고 생각한 황준보가 그의 손을 흔들며 위로의 말을 건넸다.

"나는 이제 더 이상 세상을 떠돌아다니지 않을 걸세. 그럴 수도 없게 되었지. 여기서 가까운 곳에 머물며 단 공자가 무사히 돌아올 때까지 기다릴 테니 부디 몸조심하게."

운도는 아직 의지할 사람이 필요한 나이였다.

지금은 혼자가 된다는 두려움이 지옥에 떨어지는 것보다 더 클 수밖에 없다.

황준보가 다시 말했다.

"나는 일 년 뒤 단 공자가 의젓한 대장부로 변하여 다시 이곳으로 돌아올 것이라고 믿네. 나를 실망시키지 않겠지?"

운도가 입술을 악물며 고개를 끄덕였다.

"그럼 가보게. 추노를 언제까지 기다리게 할 수는 없지 않은
가?"

등을 떠미는 황준보가 야속하다는 생각이 들었지만 그의 말
이 옳다는 걸 운도 또한 잘 알았다.

십여 걸음을 걷는 동안 몇 번이나 뒤돌아보았는지 모른다.

그때마다 황준보는 손을 흔들어주었다.

운도가 다가오자 추노가 가볍게 고개를 끄덕였다.

여전히 말없는 그 무심한 얼굴이 새롭게 보이는 것이어서
운도는 더욱 불안해졌다.

추노가 이처럼 무섭고 꺼림칙하게 느껴진 적이 없었던 것이
다.

"이곳은 작은 세상이오."

묵묵히 안개 속을 헤쳐 나아가던 추노가 불쑥 말했으므로
운도는 깜짝 놀랐다.

"세상이 곧 지옥이니 저 바깥세상은 큰 지옥이라고 할 수 있
겠지."

"……"

"공자는 지난 십오 년 동안 그곳에서 모질게 살아왔으니 여
기에서 살아남는 것쯤은 별로 어려울 게 아닐 것이오. 여기는
작은 지옥에 불과하니까."

"나는 당신…… 추노가 벙어리인 줄 알았습니다."

추노가 소리없이 웃었다.

“몇 가지 지켜야 할 규칙이 있소.”

“가르쳐 주세요.”

“첫째, 멋대로 이곳을 벗어나려고 해서는 안 되오.”

“그렇게 하면?”

“즉시 죽임을 당하게 될 것이오.”

추노의 대답은 간단하고 명료했다.

의심이나 의문을 품을 여지가 없이 단호하기도 하다.

그래서 운도는 저도 모르게 그 말이 사실이라고 철석같이 믿게 되었다.

등골이 으스스해진다.

“내 말을 명심하시오.”

“감시하는 사람들이 있군요?”

추노는 대답하지 않았다. 제 말을 할 뿐이다.

“둘째, 기한이 치기 전에는 이곳을 떠날 수 없소. 예외는 없지.”

“……”

“셋째, 하늘을 나는 재주가 있어도 절대로 달아날 수 없다는 걸 명심해야 하오.”

“쳇, 결국 그 세 가지 규칙이라는 게 똑같은 것이군요. 이곳에서 도망치려고 하지 말라는 것 아닙니까?”

“그렇소. 규칙은 오직 그것뿐이오.”

“그 외에는?”

“없소. 모든 걸 자유롭게 행할 수 있소.”

추노가 걸음을 멈추고 운도를 빤히 바라보았다.

운도는 감히 그의 무섭게 이글거리는 눈을 마주 볼 수 없었다.

"죽이는 것도, 살리는 것도 모두 단 공자의 마음대로 할 수 있소. 그 말은 먼저 와 있는 자들 또한 그렇게 할 수 있다는 거요."

"응? 다른 사람들이 또 있나요?"

"그렇소."

"그들이 나를 죽일 수도 있다는 거로군요?"

"그렇소. 죽고 사는 건 이제부터 오직 단 공자 자신의 능력에 달려 있을 뿐, 조금의 도움도 기대할 수 없소."

"그럼……."

"일 년 뒤에 생문이 열릴 것이오. 살아 나오는 사람은 한 명이 되겠지. 그게 누가 되었든 우리에게는 상관없소."

"그럼 다른 사람들은?"

운도가 깜짝 놀라 소리쳤다.

추노가 대답 대신 의미심장한 눈으로 바라보았다.

그의 눈 속에 담겨 있는 수많은 의미.

그것들이 그대로 가슴속에 박혀드는 것이어서 운도를 질리게 했다.

"결국… 결국 내가 살기 위해서는 다른 사람들을 모두 죽여야 한다는 겁니까?"

"그게 싫으면 그들의 손에 먼저 죽어주어도 상관없소."

　추노의 무심한 말에 운도가 부르르 몸을 떨었다.

　그 말은 지옥에 와 있는 자들 모두가 그렇게 생각하고 있다
는 것 아닌가.

　그들은 지금 이 순간에도 서로를 찾아 죽이고 있을지도 모
른다.

　그런 생각을 하자 당장 뒤돌아서서 달아나고 싶었다.

　온몸에 소름이 돋은 순간 몸에 강한 충격이 느껴졌다.

　"그럼 행운을 빌겠소."

　추노의 말이 아득히 먼 곳에서 들려왔다.

＊　　　＊　　　＊

　그때의 일을 모두 기억해 내는 데에는 한참의 시간이 걸렸
다.

　운도는 비로소 제가 지금 처해 있는 상황이 꿈도 아니고 환
상도 아니라는 걸 자각했다.

　도대체 얼마나 오랫동안 정신을 잃고 있던 건지도 알 수 없
었다.

　어쩌면 며칠이 지났는지도 모른다.

　정신을 차리자 제일 먼저 배가 몹시 고파왔기 때문이다.

　그리고 나서야 온몸 여기저기 욱신거리고 아픈 통증이 느껴
졌다.

　제 몸뚱이를 살펴본 운도가 쓴웃음을 지었다.

어디 한 군데 성한 곳이 없었던 것이다.

어디에서 어떻게 미끄러져 떨어졌던 건지 온통 긁히고 찢기고 깨진 상처투성이였다.

입고 있는 옷마저 여기저기 찢어지고 흙이 묻어서 지저분해져 있는데다가, 단정하게 묶었던 머리카락도 죄다 흩어져 봉두난발이 되어 있었다.

거울을 보지 않아도 지금의 제 꼴이 도깨비처럼 험악하게 변했으리라는 걸 충분히 짐작할 수 있다.

이제는 나 혼자뿐이라는 생각이 밀려들었다.

"외부와 완전히 고립된 이 끔찍한 곳에서 나는 오직 혼자다."

제 처지를 확인하듯이 중얼거리고 나자 지독한 고독감이 밀려들었다.

그게 온몸에 난 상처보다 더 쓰리고 아프다.

이제부터는 모든 걸 나 혼자서 해결해 나가야 한다는 것.

내가 잠들어 있을 때 누군가가 살며시 다가와 숨통을 끊어놓고 깔깔거리며 웃을지도 모른다는 것.

어쩌면 그렇게 되기 전에 굶어 죽을지도 모른다는 것들을 생각하자 정신이 번쩍 들었다.

그러는 사이 배가 더욱 고파왔다.

뱃속이 텅 비어 쓰라리기까지 한 걸로 보아 적어도 이틀은 그렇게 의식을 잃고 쓰러져 있었던 모양이다.

꼬르륵거리는 소리를 들으며 운도는 그런 저의 배가 야속하고 미웠다.

　지금 이런 상황에서, 이런 처지에서 먹을 걸 넣어달라고 아우성을 쳐대면 대체 어쩌란 말인가.

　그러나 허기는 제멋대로 불쑥 찾아오는 뿌리칠 수 없는 손님 아니던가.

　한번 그렇게 찾아와 떼를 쓰기 시작하면 이길 장사가 없다.

　하지만 아무리 두리번거려 보아도 벌레 한 마리 보이지 않는 이 황량한 곳에 먹을 게 있을 리 없었다.

　오직 눈앞을 두텁게 덮고 있는 짙은 안개가 숨을 쉬듯이 느릿느릿 일렁이고 있을 뿐이다.

　상처의 아픔을 참고 겨우 일어선 운도가 짙은 운무를 헤치며 천천히 걸어 나아갔다.

　풀 한 포기 나 있지 않은 검은 땅에 발을 끌며 여기저기 어지럽게 솟아 있는 크고 작은 바위들을 대체 몇 개나 돌고 지나쳤는지 모른다.

　일백마흔일곱 개를 세고는 그만두었던 것이다.

　그러는 사이 족히 한나절은 지났고, 배는 더욱 고파졌다. 이제는 서서 걷기가 힘들 지경이었다.

　탑처럼 서 있는 바위들의 숲은 대체 끝날 것 같지 않았다.

　내가 길을 잃어버린 건 아닌가? 하는 의문과 함께 원래 이곳에는 길이 없는 것 아닌가? 하는 생각마저 밀려들어 더욱 불안해졌다.

　축축하고 짙은 안개가 느릿느릿 꿈틀거리며 움직일 뿐, 사방은 모든 소리가 사라져 버린 것처럼 조용했다.

그 적막이 더욱 견디기 힘들다.

어떻게 하든 이곳을 벗어나 먹을 걸 찾아야 한다는 생각에 허둥거리게 되었다.

그렇게 얼마나 정신없이 갔을까. 운도가 우뚝 멈추어 섰다.

비로소 무언가 소리가 들려오기 시작했던 것이다.

아득히 먼 곳에서 들려오는 것처럼 미약한 소리였지만 분명 그것은 졸졸거리며 물이 흘러가고 있는 소리였다.

잠시 숨마저 멈춘 채 서서 그 소리에 귀를 기울이던 운도가 방향을 잡고 부지런히 안개를 헤쳐 나아갔다.

한참을 더 가자 비로소 안개가 옅어지기 시작했다. 그리고 하나씩 어둠에 묻혀 있던 풍경들이 다가왔다.

운도는 제가 드디어 저 끔찍한 바위의 밀림에서 빠져나왔다는 걸 알았다.

그러자 몸의 고통과 피곤을 느낄 새도 없이 희열이 벅차게 밀려들었다.

사방이 온통 울창한 숲과 벽처럼 가로막힌 바위 봉우리들뿐이었다. 그 사이사이로 웅장하게 치솟아 있는 산들이 까마득히 멀리 그리고 높게 보인다.

산의 병풍에 둘러싸인 깊은 분지.

조물주가 심심했던 것일까?

하늘에서 수없이 많은 송곳들을 내던져 그 분지에 푹푹 박아댔는데, 그것들이 그대로 산봉우리가 된 것 같은 기묘하고 음산한 풍경이었다.

운도의 입이 절로 벌어졌다. 이런 풍경이 있다는 건 듣지도 못했던 것이다.

송곳 같은 봉우리 하나의 높이가 어떤 것은 이백여 장이나 되어 보였고, 작은 것이라고 해도 족히 수십 장은 될 것이다.

대체 이러한 기묘한 바위 봉우리들이 땅에서 어떻게 솟아날 수 있는 건지, 눈으로 보고 있으면서도 좀체 믿을 수 없었다.

물소리는 그 높고 웅장한 바위 봉우리 뒤에서 들려오고 있었다.

그리고 또 다른 무엇이 있었다.

냄새다.

허공에 흩어져 미약한 그 냄새를 운도는 놓칠 수가 없었다.

고기를 굽고 있는 구수한 냄새였기 때문이다.

'누가 있다!'

그런 경계심과 함께 참을 수 없는 유혹이 밀려들었다.

뱃속에서 꼬르륵거리는 소리가 마구 들려왔고, 운도의 발은 의지와 상관없이 저절로 그 냄새를 따라 나아가기 시작했다.

숲을 헤치고 나와 모습을 드러낸 개울을 따라 걷기를 한참.

드디어 다른 사람들을 보았다.

저 앞 모래밭 위에 무리를 이루고 앉아 있는 한 무리의 사람들이었다.

운도는 본능적으로 풀숲 사이에 납작 엎드렸다.

이 지옥에 먼저 들어와 있다는 바로 그자들일 것이다.

그들을 죽이거나 아니면 그들에게 죽임을 당할 것이라던 추노의 말이 떠올라 긴장하고 두려워하게 된다.

개울가에 모닥불을 피우고 둥글게 둘러앉아 있는 자들은 모두 열한 명이었다.

그들 복판에서 커다란 노루 한 마리가 통째로 구워지고 있었다.

모닥불 위에 기름이 뚝뚝 떨어져 지글지글거리며 끓을 때마다 구수한 고기 냄새가 퍼져 나갔다.

참을 수가 없다.

그러나 운도는 최대한의 인내심을 발휘해서 우선 그들의 면면을 꼼꼼하게 살펴보았다.

은연중에 좌중을 지배하고 있는 한 사람이 제일 먼저 눈에 띄었다.

그는 더벅머리를 한 청년이었다.

비록 거친 행색에 얼굴마저 검게 그을려 있었지만 그리 많은 나이로 보이지는 않았다. 잘해야 스무 살 남짓일 것이다.

그 청년 또래의 또 다른 자들이 세 명이고, 그보다 나이가 더 들어 보이는 이십대 초반의 사내가 두 명 있었다.

운도는 나머지가 제 또래이거나 저보다 한두 살쯤 어린 소년들이라는 걸 알았다.

그들 열한 명의 또 다른 자들은 구워지는 고기에서 눈길을 떼지 못하고 있는 탓에 누가 숲속에 숨어서 저희들을 훔쳐보고 있다는 걸 까맣게 몰랐다.

고기가 다 익었는지, 가장 어려 보이는 소년이 후딱 고기를 저며냈는데, 가만히 보니 돌을 깨뜨려 만든 돌칼이었다.

한 덩이의 고기를 떼어내 넓은 나뭇잎에 싼 소년이 그것을 상석에 거만하게 앉아 있는 더벅머리청년에게 공손히 건넸다.

그가 받아서 한입 베어 물자 그제야 나머지 사람들도 달려들어 고기를 썰어내고 뜯어먹기 시작했다.

그것을 보자 운도의 뱃속에서 기어이 꼬르륵, 하는 소리가 다시 났다.

이번에는 제법 큰 소리여서 운도 본인이 깜짝 놀랐을 정도였다.

고기를 뜯어먹느라고 정신이 없는 자들은 그 소리를 듣지 못한 모양인데 단 한 사람, 더벅머리청년은 그렇지 않았다.

그가 벌떡 몸을 일으키더니 운도가 숨어 있는 곳을 무섭게 노려보았던 것이다.

비로소 다른 자들도 뜯던 고기를 내던지고 벌떡벌떡 일어났다.

손에 몽둥이를 쥐고 있는 자도 있고, 크고 넓적한 돌을 날카롭게 갈아 나무토막에 붙들어맨 돌도끼를 쥔 자도 있었다.

"누구냐!"

말상에 턱수염이 더부룩하게 난 청년 한 명이 앞으로 나서며 버럭 소리쳤다.

큼직한 몽둥이를 쥐고 있었는데, 팔뚝에 힘줄이 툭툭 불거진 것이 힘깨나 쓰는 자로 보였다.

들킨 이상 더 숨어 있는 건 의미가 없다.

툭툭 옷을 털고 일어선 운도가 잔뜩 경계하는 눈으로 두리번거리며 숲 밖으로 걸어나갔다.

"배가 고파서 견딜 수가 없잖아. 모두 먹기에는 그게 꽤 많아 보이는데 좀 나누어 주면 안 될까?"

말상의 청년이 더욱 가까이 다가오며 번쩍이는 눈으로 운도의 구석구석을 살펴보았다.

"너는 누구지? 어디에서 온 거냐? 염 가 개놈의 패거리 아니냐?"

그러더니 고개를 갸웃거렸다.

"아닌가? 못 보던 놈인데?"

"나는 얼마 전에 이곳에 떨어졌다. 여기가 어디인지, 너희들이 누구인지 아무것도 몰라."

"얼마 전에 떨어졌다고? 이 지옥에?"

별 신기한 놈을 다 본다는 듯 말상의 청년이 더욱 가까이 다가와 요모조모 운도를 뜯어보았다.

그러더니 뒤를 돌아보고 더벅머리청년에게 소리쳤다.

"정말인 모양인데? 영 생소한 놈이야. 어떻게 할까?"

그 말의 의미가 죽일까 말까? 하고 묻는 것임을 운도는 짐작도 하지 못했다.

더벅머리청년의 입에서 "보내!" 하는 말이 떨어진다면 말상의 청년은 쥐고 있는 몽둥이를 힘껏 휘둘러 단번에 운도의 머리통을 박살 내버리고 말 것이다.

　운도는 아직 제가 지옥에 떨어졌다는 것도, 추노의 말도 실감하지 못하고 있었다.

　'설마 정말 보는 대로 죽이고 그러겠어?'

　서로 죽고 죽여야 하는 게 이곳의 생존 법칙이라면 이렇게 십여 명씩이나 함께 생활하면서 다정하게 고기를 구워 먹고 있을 수가 없지 않은가.

　그런 생각으로 운도는 빤히 말상의 청년만 바라보고 서 있었다.

　저쪽에서 우두머리인 더벅머리청년이 흘러내린 머리카락을 쳐올렸다.

　그러자 비로소 그의 얼굴이 완전히 드러났다.

　이목구비가 선명하고 뼈대가 굵어 보이는 강인한 인상이었다. 잘생기기도 했다.

　다만 눈매가 날카롭고 입술이 얇으며 콧날이 높아서 차갑고 잔혹해 보인다는 게 흠이라면 흠일 것이다.

　"이리 와봐라."

　그자가 턱짓으로 불렀다.

　말상의 청년이 운도를 노려보며 길을 열어준다.

　'내가 잘못 생각한 게 아닐까?'

　운도에게 그런 후회가 들었다.

　그럴 리가 없을 것이라고 생각하면서도 괜히 그들 앞에 나섰다는 후회가 밀려든 건 더벅머리청년의 이글거리는 눈빛 때문이었다.

그건 정상적인 사람의 눈빛이 아니었다.

물기에 젖어 번들거리는 것이 광기를 띠고 있는 것 같았다.

언제던가, 저런 눈을 본 기억이 났다.

어렸을 때의 일이었다.

마을에 미친 개 한 마리가 돌아다녔는데 사람이든 짐승이든 가리지 않고 닥치는 대로 물어뜯고 포악을 떨었으므로 온 동네가 쑥대밭이 되었다.

그때 운도는 그놈과 마주친 적이 있었다.

그놈이 겁에 질려 주저앉은 소정이를 물어뜯으려는 걸 보고 무작정 달려들어 막아섰던 것이다.

그리고 이빨을 드러내고 으르렁거리던 그놈의 눈을 보았다.

광기에 젖어 번들거리는 핏발 선 눈.

그것 앞에서 온몸이 뻣뻣하게 얼어붙어 손가락 하나 까닥할 수 없었던 그 두려움을 잊을 수 없다.

그런데 바로 그와 같은 눈이 다시 저를 노려보고 있는 것이다.

더벅머리청년이 운도의 머리끝부터 발끝까지 훑어보았는데, 운도는 온몸에 소름이 돋을 만큼 긴장했다.

그 짧은 시간이 영영 멈추어 버린 것처럼 느껴진다.

"정말인 모양이군."

더벅머리청년이 비로소 눈길을 거두고 피식 웃었다.

운도를 바라보는 눈에 광기가 사라진 대신 불쌍하게 여기고 비웃는 기색이 가득해졌다.

"배가 고프냐?"

어디에서 왔느냐, 무엇 하던 놈이냐, 왜 이곳으로 끌려왔느냐 하는 것들.

누구나 제일 궁금하게 여길 법한 그런 것에 대해서는 한마디도 묻지 않았다.

운도가 고개를 끄덕였다.

"고기를 줘라."

청년의 말에 운도보다 어려 보이는 소년이 재빨리 한 덩이의 고기를 잘라 가지고 왔다.

김이 무럭무럭 나는 그것을 운도는 뜨거운 줄도 모르고 허겁지겁 뜯어먹었다.

저를 둘러싸고 바라보는 자들을 조금도 의식하거나 경계하지 않는 모습이었다.

그런 운도를 바라보던 더버머리청년이 피식 웃었다.

"어떻게 할까?"

처음 운도에게 다가왔던 말상의 청년이 다시 그렇게 물었다.

그 말이 이놈을 죽여야 하지 않겠느냐는 의미라는 걸 운도만 모르고 있다.

더벅머리청년이 히죽 웃었다.

"그대로 둬. 이제 처음 온 놈 아니냐. 이곳이 어떤 곳인지 며칠 맛은 보게 해줘야지."

"쳇."

　재미 좀 보려고 했는데 그럴 수 없게 되어서 불만이라는 듯 말상의 청년이 혀를 차고 돌아섰다.
　몽둥이를 이리저리 휘둘러 애꿎은 풀이며 나뭇가지들만 짓이기고 후려쳐 댄다.

　“달아나.”
　“…….”
　“이곳에서 멀리 달아나.”
　귓속에 앵앵거리는 모깃소리 같은 것.
　운도가 잠결에도 제 귓전을 찰싹 후려치고는 낮게 코를 곤다.
　잠시 멎었던 그 앵앵거림이 다시 귓속으로 파고들었다.
　지극히 조심하는 듯 작고 가냘픈 속삭임이었다.
　“기회는 또 없어.”
　“…….”
　“할 수 있는 한 멀리 달아나야 해.”
　운도의 숨소리가 뚝 멎었다.
　“어서.”
　귓전에 파고드는 앵앵거림이 조금 더 뚜렷하게 들렸다.
　다급함도 더 구체적으로 느껴진다.
　“지금이 아니면 이제 기회는 영영 없을 거야.”
　운도의 눈까풀이 파르르 떨렸다.
　깊고 단 잠에서 깨어나기가 몹시 힘들고 싫은 모양이었다.

"어서 달아나."

운도가 겨우 눈을 떴다.

돌아보니 고기를 가져다주었던 소년이 곁에 모로 누워 몸을 찰싹 붙이고 있었다.

소년의 숨결이 귓전을 간질인다.

운도가 고개를 들자 소년이 실눈을 뜨고 한 손가락을 제 입에 대 보였다.

운도는 여전히 영문을 알 수 없었다. 어리둥절해서 무슨 일이냐고 눈으로 물을 뿐이다.

소년이 이번에는 소리를 내지 않고 입술만 움직였다.

─너를 죽일 거야. 그러니 어서 달아나.

죽인다는 말에 비로소 정신이 번쩍 든다.

운도가 더욱 높게 고개를 들고 주위를 두리번거렸다.

활활 타오르고 있는 모닥불 가에 다들 쓰러져 깊이 잠들어 있었다.

운도 또래의 소년 한 명이 저쪽에서 어슬렁거리고 있을 뿐이었다.

망을 보는 것이리라.

그의 모습이 왠지 초조하고 불안해 보였다.

힐끔힐끔 자꾸만 주위를 훔쳐보고 있었던 것이다.

그러다가 운도와 눈이 딱 마주쳤다.

소년이 그때를 기다렸다는 듯 눈짓으로 어둠 속에 잠겨 있는 숲을 가리켰다. 그리고 입술을 달싹였다.

입 모양만으로 말을 전하는 것이다.

─저쪽으로 가. 뒤도 돌아보지 말고 무조건 달려.

'왜?'

운도가 다시 제 곁에 찰싹 붙어 누워 있는 소년에게 눈짓으로 물었다.

소년이 여전히 실눈을 뜨고 입 모양으로만 말했다.

운도가 알아챌 수 있도록 천천히, 입 모양을 크고 뚜렷하게 한다.

─너를 며칠 동안 개 끌듯이 끌고 다니다가 귀왕폭 아래에서 처참하게 죽여 버릴 거야. 그렇게 되고 싶지 않으면 지금 달아나.

'나를 겁주려는 게 아니다.'

운도는 소년의 진심을 읽었다.

저쪽에서 망을 보고 있는 소년이 더욱 초조해하고 불안해하는 것도 이해가 된다.

이 엉뚱한 상황이 꿈이 아니라는 것을 받아들인 운도가 역시 입 모양으로만 말했다.

─고마워. 잊지 않을게.

슬며시 일어난 그가 최대한 발소리를 죽이며 모닥불 빛 밖으로 천천히 걸어나갔다.

그러자 망을 보던 소년이 슬그머니 돌아서더니 저쪽 개울가로 가는 것이었다.

소변을 보려는 것처럼 허리춤을 까 내린다.

그 틈에 운도는 재빨리 숲속으로 뛰어들었다.

무명노에게서 배웠던 경공신법을 펼치기 위해 내력을 끌어올렸던 운도가 "억!" 하고 크게 놀라 저도 모르게 비명을 터뜨렸다.

다 사라지고 없었다.

천마심공을 운기하자 갑자기 가슴이 터질 것처럼 아파오기만 했을 뿐, 내공이 모이지 않았던 것이다.

그래도 억지로 운기하려 하자 단전이 바늘로 찌르는 것처럼 고통스러웠다.

자신의 내공이 비록 일천하지만 일각 정도는 전력을 다해 경공신법을 펼칠 수 있었는데 그것마저 모두 사라져 버리고 없지 않은가.

추노의 짓이라고 생각했다.

그가 어디를 이떻게 헸는지 알 수 없으나 몇 군데의 기혈을 폐쇄해 놓은 게 틀림없다.

운도는 당황했다.

그때 개울가에서 뾰족한 고함 소리가 들려왔다.

"저놈이 달아난다! 달아난다!"

소변을 보는 척하고 있던 소년이 운도가 숲속으로 들어가는 걸 보고 그제야 고함을 쳐댄 것이다.

내공이 없어도 기력은 그대로 남아 있다.

운도는 이제 그것밖에는 의지할 수 있는 게 없었다.

이를 악물고 미친 듯이, 어디가 어디인지도 모르는 채 무작정 숲속 깊이 달려갔다.

잠을 자던 청년들이 모두 깨어난 듯, "잡아라!" 하는 고함 소리가 들려왔다.

"저쪽이다!"

말상의 청년이 지르는 고함 소리라는 걸 알 수 있었다.

운도는 이를 악물고 미친 듯이 달렸다.

나무뿌리에 걸려 넘어져 뒹구는 통에 무르팍이며 팔꿈치가 온통 까져 쓰라리고 피가 흘렀지만 상관하지 않았다.

그렇게 몇 번이나 넘어져 뒹굴었는지 모른다.

잔가지에 온몸이 긁히고, 나무등치에 이마를 부딪쳐 뒤로 벌렁 나가떨어지도 했다.

그러나 멈추지 않았다.

숨을 헐떡이며 얼마나 달렸는지 이제는 다리에 감각이 없을 정도였다.

그리고 고함 소리에서 점점 멀어질 수 있었다.

第七章

악귀(惡鬼)들

마룡의
후예

쏴아아—

아침 일찌부터 폭우가 퍼붓기 시자했다.

하늘이 온통 시커멓고 주위가 컴컴해져서 아직도 밤인 것만
같았다.

쏴아아—

머리 위에서 동이로 퍼붓는 것처럼 쏟아지는 폭우.

운도는 바위틈에 짐승처럼 웅크리고 앉아 그 폭우를 바라보
고 있었다.

제 처지가 처량하다는 생각이 더 크게 드는 건 꼭 폭우 때문
만은 아니다.

제 신세에 대한 한탄과 함께 비와 어둠과 적막이 가져다주

는 두려움 때문이었다.

무릎을 안고 그 위에 얼굴을 파묻은 채 웅크리고 있던 운도가 슬며시 고개를 들었다.

어디에서인가 낮게 흐느껴 우는 소리가 들리는 것 같더니 폭우 속에 잠겨 사라졌다.

잠시 귀를 기울였던 그가 씁쓸하게 웃었다.

"내가 이제는 헛소리까지 듣나 보다. 이러다가 미치는 건 아닐까?"

그러나 아니었다.

다시 그 낮은 흐느낌이 빗소리에 섞여 들려오기 시작했던 것이다.

운도의 몸이 긴장으로 굳어졌다.

분명 여자아이의 흐느낌 소리가 아닌가.

폭포처럼 쏟아지는 빗소리에 섞여 들려오고 있는 울음소리.

무서웠다.

지옥이라는 이 음침한 골짜기에서, 이처럼 폭우가 쏟아지는 어둠 속에서 들려오는 여자아이의 흐느낌이란 누구에게나 공포심을 가져다줄 것이다.

잠시 망설이던 운도가 이를 악물고 바위틈을 나섰다.

그게 귀신이 되었든 사람이 되었든 앉아서 두려움에 떨기보다 제 눈으로 확인해 보는 게 낫다고 생각한 것이다.

공포를 이기는 최선의 방법은 그것과 대면하는 것이다.

주먹을 움켜쥐고 폭우 속으로 성큼 나서서 울음소리를 찾아 숲을 헤쳐 나아가기를 얼마쯤.

　'헛!'

　운도가 급한 숨을 들이켜며 멈추어 섰다.

　무섭게 퍼부어대는 비를 고스란히 맞으며 찰박찰박 걸어오고 있는 작은 계집아이를 본 것이다.

　운도는 우선 주위부터 살펴보았다.

　아무도 없었다.

　비에 흠뻑 젖어 가엽게 어깨를 떨며 흐느껴 울고 있는 작은 계집아이뿐이다.

　귀신이 분명하다는 생각에 머리끝이 쭈뼛 곤두선다.

　그렇지 않고서야 이런 날, 그것도 흐느껴 울면서 홀로 숲속을 배회하고 있을 리가 없지 않은가.

　그러나 아무리 살펴보아도 귀신같지는 않았다.

　생기기 느껴졌던 것이다.

　그렇다면 대체 저 아이가 왜 이런 곳에서, 왜 홀로 이 빗속을 방황하며 울고 있는 건지 이해가 되지 않았다.

　조금 더 관찰하기로 했다. 사정을 전혀 알 수 없지 않은가.

　아무런 경계심도 없이 낯선 자에게 다가갈 일이 아니라는 걸 운도는 어젯밤의 일로 인해 절실히 깨닫고 있었다.

　소녀는 여전히 서럽게 흐느끼면서 그 빗속을 걸어오고 있었다.

　제가 어디로 가고 있는 건지도 모르는 게 틀림없다.

　울면서, 그 비에 온통 젖은 채 몇 걸음 앞에까지 다가왔다.

숲속에 숨어서 지켜보던 운도가 비로소 성큼 걸어나갔다.

"악!"

그를 본 소녀가 자지러지는 비명을 터뜨리며 엉덩방아를 찧고 주저앉았다.

얼어버린 듯 그 자리에서 꼼짝도 하지 못한다.

너무 놀라 경기마저 일으키는 모습이 측은하기 짝이 없었다.

"쯧쯧—"

운도는 제가 좀 심했다는 걸 알았다.

달래줄 생각으로 다가가자 소녀가 닥치는 대로 돌을 집어던지며 악을 썼다.

"저리 가! 오지 마! 죽어 버릴 거야!"

"진정해. 너를 헤치려는 게 아니다."

"싫어! 오지 마!"

빗물이 줄줄 흘러내리고 있는 창백한 얼굴이 두려움으로 더욱 새파랗게 변해 있었다.

온몸을 와들와들 떨고 있다.

그러면서도 일어나 달아날 생각을 하지 못하는 건 너무 놀랐기 때문일 것이다.

운도가 최대한 다정한 음성으로 말했다.

"정말이야. 나는 너를 헤치려는 게 아니야. 도와주려는 거다. 그러니 그렇게 무서워하지 않아도 돼."

소녀의 마음이 조금씩 진정되어 가는 게 느껴졌다.

하지만 그녀는 여전히 경계심을 늦추지 않았다.

운도가 한 걸음 다가가면 두 발로 마구 젖은 땅을 밀고 엉덩이를 비벼대며 그만큼 뒤로 물러난다.

사람을 경계하는 작은 산짐승 한 마리. 소녀는 꼭 그와 같았다.

운도는 그녀에게 다가가기를 멈추었다.

이렇게 해서는 그녀와의 거리를 조금도 좁힐 수 없다는 걸 알았기 때문이다.

달려가서 붙잡을 수는 있겠지만 그건 소녀의 적개심만 더 크게 해줄 뿐이다.

그녀가 제 스스로 다가오도록 해야 한다.

손을 내밀도록 해야 한다.

그러면 그 손을 잡는 일은 쉬울 것 아닌가.

강제로 잡으려고 하면 상대를 더 멀리 달아나게 하는 일밖에는 되지 않는다.

붙잡혀도 결코 마음을 열지 않을 것이다.

사람의 마음을 얻는 일은 언제나 그렇지 않던가.

운도가 멈추어 서자 과연 소녀도 움직이지 않았다.

콰아아—

여전히 기세를 누그러뜨리지 않고 퍼부어대는 폭우 속에서 두 사람은 그렇게 서로를 마주 보고 있기만 했다.

경계와 탐색의 지루한 시간이 쉼없이 흘러갔다.

지루하고 답답해서 미칠 것 같았지만 운도는 최대한 인내심을 발휘하여 참았다.

드디어 소녀의 경계심이 많이 누그러들었다.

쥐고 있던 큼직한 돌멩이를 떨어뜨리고 더 크게 목놓아 운다.

"우와앙—"

"쯧쯧—"

혀를 찬 운도가 서두르지 않고 천천히 다가갔다.

소녀는 이제 달아나지 않았다.

내민 운도의 손을 바라보고 운도를 바라보더니 떨리는 작은 손을 뻗었다.

그녀의 손은 작아서 애처로웠다. 그것이 바들바들 떨고 있으니 더욱 가슴이 아파온다.

"가자, 저쪽에 비를 피할 수 있는 바위틈이 있어."

소녀가 운도의 팔에 의지해 비틀거리며 일어섰다.

어느덧 울음을 그쳤지만 숨을 들이쉴 때마다 딸꾹질 같은 흐느낌은 계속되었다.

추위와 두려움으로 오돌오돌 떨고 있는 작고 귀여운 소녀.

입술이 새파랗게 얼었고 볼도 그랬다.

그대로 두면 병이 나고 말 것이다. 아니, 그전에 체온이 떨어져 목숨마저 위험해질 것이다.

망설이던 운도가 팔을 뻗어 그녀를 감싸 안았다.

깜짝 놀라 몸을 굳힌 소녀가 운도를 힐끔 바라보았다.

안전하다고 느낀 것일까? 아니면 따뜻한 체온이 필요하다는 걸 본능적으로 안 때문인지도 모른다.

소녀가 몸의 힘을 풀고 운도의 가슴에 안기듯 쓰러졌다.

그녀의 작고 차가운 몸을 꼭 안고 앉아서 등을 문질러 주며 운도는 오돌오돌 떨고 있는 작은 여자아이에 대한 연민 때문에 가슴이 아팠다.

대체 이 작은 소녀가 이런 곳에 와 있는 이유가 무엇일까? 하는 생각에 그 사정이 궁금해지기도 한다.

이제 열서너 살이 되었을까. 소정이 또래의 작은 소녀였다.

그러고 보니 몸집이며 눈매도 소정이를 떠올리게 할 만큼 비슷했다.

'사부님은 대체 소정이를 어디로 데려가신 걸까? 무엇 때문에 그 아이를 데리고 말도 없이 떠나셨을까?

다시 그 생각을 하자 가슴이 먹먹해졌다.

소정이에 대한 연민과 사부에 대한 그리움, 그리고 원망이 뒤범벅되어 마음을 괴롭게 한다.

품에 안겨 떨고 있던 소녀는 어느새 잠이 들어 있었다.

숲을 무섭게 때리던 빗소리도 점차 가늘어졌다.

운도는 팔이 저리고 허리가 아팠지만 꼼짝할 수 없었다.

작은 새처럼 제 품 안에 깃들어 잠들고 있는 소녀가 깨어날까 봐 두려운 것이다.

"오빠, 오빠……."

꾸벅꾸벅 졸던 운도가 눈을 떴다. 소녀가 잠꼬대를 하고 있었는데, 자꾸만 오빠를 찾았다.

"오빠, 가지 마. 가면 안 돼……."

'오빠라니? 이곳에 오빠와 같이 떨어졌단 말인가? 그렇다면 그가 제 동생을 버리고 떠났단 말인가?

잠시 잊고 있었던 의문이 다시 떠올랐다.

이 작은 소녀를 지옥에 밀어 떨어뜨렸다면 그건 어젯밤에 만났던 더벅머리청년 같은 자들에게 먹이를 던져 준 것이나 다름없지 않은가.

'그들이 대체 왜 그런 짓을 한단 말인가?

아무리 마교로 배척당하는 홍안적성의 무리라고 해도 그와 같이 무참한 짓을 할 리는 없다고 믿었다.

지금까지 보아온 쾌도왕이나 장왕, 염 부인, 그리고 황 대인 같은 사람은 오히려 백도의 그 누구보다 다정다감하고 호쾌하지 않았던가.

'하지만 이곳이 정말 지옥이라면 그럴 수도 있지.'

다시 생각해 보니 가능한 일이기도 했다.

"아! 안 돼! 오빠!"

운도가 제 생각에 빠져 있는데 소녀의 날카로운 비명이 터져 나왔다.

"이봐, 정신 차려!"

운도가 그녀를 흔들어 깨웠다.

"악!"

눈을 뜬 소녀는 운도를 보고 다시 놀라 비명을 질렀다.

"정신 차려. 대체 무슨 일이 있었던 거냐? 나를 모르겠어?"

운도를 멍하니 바라보던 소녀가 비로소 안도의 한숨을 쉬었다.

그러더니 품에서 떨어져 앉아 다시 훌쩍훌쩍 울기 시작한다.

"너는 누구지? 왜 이곳에 있는 거야? 네 오빠라는 사람은 어떻게 되었어?"

"우리 오빠를 알아?"

"아니. 하지만 네 잠꼬대를 들었다."

"너는…… 아니, 오빠는 그들이…… 아니지? 그렇지?"

"그들이라니? 누굴 말하는 거냐?"

"아! 그들이 오빠를 잡아두었을 거야. 어쩌면 죽였을지도 몰라!"

운도의 말에는 대답하지 않고 소녀가 새파랗게 질려 발을 동동 굴렀다.

"이봐, 정신 차리라니까! 알아듣기 쉽게 또박또박 말을 해줘야지! 처음부터 말해봐! 네 이름이 뭐지?"

묘화라고 했다.

묘할 묘(妙)에 꽃 화(花) 자를 썼으니 특이한 이름이다.

성은 기(奇)라고 했다.

그러니 기묘화라는 그 이름이 얼마나 어색하고 이상한가.

꽃 화 자야 여자에게 흔히 쓰는 이름자라고 해도, 묘할 묘자는 여간해서 쓰지 않는 이름자인 것이다.

열네 살.

이제 막 꽃봉오리가 벌어지려고 하는 나이의 소녀였다. 소정이와 동갑이다.

고아라고 했다. 그것도 소정이의 처지와 같다.

하지만 묘화에게는 오빠가 있었다.

기고춘(奇高春)이라는 그럴듯한 이름을 가진 유일한 피붙이다.

기고춘은 열여섯 살. 운도와 동갑이었다.

묘화는 하나뿐인 그 오빠를 잃어버렸다.

어떤 일이 있어도 저를 지켜주고 챙겨주던 오빠였는데 빼앗긴 것이다.

이곳에 들어온 이유는 어이없을 만큼 단순했다.

"오빠가 그들을 따라갔어. 나를 떼어놓고 말이야."

그 말을 할 때에 묘화의 얼굴에는 서운한 기색이 가득했다.

운도는 묘화가 말하는 '그들'이 바로 홍안적성의 무리일 것이라고 짐작했다.

그들이 무슨 말로 기고춘을 꾀었는지는 알 수 없지만, 그는 하나뿐인 동생마저 떼어놓고 그들을 따라 이 지옥으로 향했다.

그리고 묘화는 아무것도 모르는 채 필사적으로 오직 제 오빠만 따라왔던 것이다.

오지 말라고 그가 소리쳤을 테지만, 오빠와 떨어진다는 건

상상해 본 적도 없는 묘화는 울면서, 소리치면서 죽기 살기로 쫓아왔을 것이다.

그래서 함께 이곳으로 떨어진 것이다.

보름 전이라고 했다.

두 남매는 운도가 그랬듯이 놀라고 두려워하면서 며칠을 숨어 있었다.

그러다가 저희들과 처지가 같은 몇 명의 소년들을 만나 그들과 한패가 되었다.

모두 다섯 명이었다고 했다.

제일 나이 많은 소년이 열여덟 살.

사흘 전, 염 가의 패거리에게 맞아 죽었다는 말을 하면서 묘화는 눈물을 글썽거렸다.

그들과의 삶이 이곳에서 그나마 의지가 되었던 것이리라.

뿔뿔이 흩어져 달아난 소년들은 이제 어디로 갔는지, 어떻게 되었는지 알 수 없다.

그리고 어제 아침.

묘화를 데리고 먹을 것을 찾아 숲속을 방황하던 기고춘은 염 가 패거리와 다시 마주쳤다.

"오빠는 싸웠어. 그리고 끌려갔어. 나쁜 놈들."

묘화를 지켜주기 위해서, 그녀가 달아날 시간을 벌어주기 위해서 그는 목숨을 걸고 싸웠을 것이다.

그리고 끌려가 죽었을 것이다.

"으음—"

운도의 얼굴이 심각해졌다.

이제 묘화는 혼자였다. 혼자서 숲속을 돌아다니다가는 며칠 살지 못할 게 뻔했다.

"염 가 패거리라고 했지?"

"응."

"들어보았다. 대체 어떤 자들이지?"

첫날, 더벅머리와 만났을 때에 말상의 청년이 염 가의 패거리냐고 묻지 않았던가.

운도는 이곳에 더벅머리의 패거리 말고 염 가의 패거리도 있다는 걸 알았다.

그렇다면 몇 무리가 더 있을 것이다.

그리고 그들은 죽이기 위해서 서로를 찾아다닌 것도 짐작했다.

제 패거리가 아닌 자는 만나는 대로 죽이는 것이다.

그렇게 해서 다 죽이고 나면 그때는 제 패거리들끼리도 서로 죽일 것이다.

오직 한 사람만 살아서 이곳을 빠져나갈 수 있다니 그렇지 않겠는가.

염 가의 패거리를 떠올리기만 해도 끔찍한지, 부르르 몸을 떤 묘화가 두려운 얼굴로 두리번거리며 말했다.

"염 가는 무서워. 잔인해."

다시 한 번 진저리를 치고 나더니 입술을 악물었다. 귀엽게 생긴 얼굴에 지독한 독기가 어린다.

"하지만 그놈은 반드시 내가 죽이고 말 거야. 오빠의 복수를 해주고 말 테야."

"그러니까 그게 누구냐고?"

"염필도라고 해. 크고 힘이 아주 세. 그 밑에 스무 명쯤 부하들이 있어. 다들 죽일 놈들이야."

그 염필도(廉弼道)가 묘화의 일행을 죽이고 오빠를 잡아갔던 것이다.

"그놈들은 만나는 사람은 죄다 죽여. 끝까지 쫓아가서 죽이지. 같이 있던 상필 오빠도, 규회 오빠도 그놈들이 죽였어. 불쌍해. 그런데 여기가 정말 지옥이야? 그럼 염필도가 지옥에 산다는 그 야차야? 정말 그래?"

운도는 대답하지 않았다.

이 작은 계집아이에게 뭐라고 대답해 준단 말인가.

물끄러미 바라보면서 그녀의 처지가 참 가엾다고 생각할 뿐이다.

이곳의 규칙대로라면 묘화는 절대로 살아날 수가 없을 것이니 그렇다.

"휴—"

지옥에 떨어지자마자 무거운 짐을 하나 떠안게 되었다는 생각에 운도가 깊은 한숨을 쉬었다.

제 몸을 어떻게 건사해야 할지도 아직 알지 못하는 처지 아니던가.

"나 배고파."

묘화가 머뭇거리다가 고개를 푹 숙이고 아주 작은 음성으로
그렇게 말했다.
"그래, 가자. 우선 먹을 걸 찾아보자."
운도에게도 그게 지금으로서는 제일 중요하고 급한 일이었
다.
그녀가 이제는 서슴없이 운도의 손을 잡았다.

어제와는 달리 이쪽 숲에는 먹을 게 풍족했다.
탐스런 과실들을 쉽게 얻을 수 있었던 것이다.
운도와 묘화는 먹음직스러워 보이는 야생 과일을 몇 개 따
서 먹었다.
"염 가의 패거리가 있는 곳은 어디지?"
운도의 물음에 묘화가 다시 울 듯한 얼굴을 했다. 생각하기
도 싫다는 듯 도리질을 친다.
"오빠의 소식을 알아보기라도 해야 할 것 아니겠니?"
"오빠……."
그 말에 묘화의 눈에 눈물이 가득해졌다.
기어이 주르륵 흘러내리지만 어제처럼 목놓아 울지는 않았
다.
"동쪽이야."
그녀가 침울한 얼굴로 오른쪽을 가리켰다.
두리번거렸지만 운도는 방향을 전혀 짐작할 수 없었다.
하늘마저 잔뜩 흐려서 해를 볼 수 없으니 더욱 그렇다.

“어떻게 알지?”

“저기 칼처럼 생긴 바위 봉우리가 보이잖아? 저 너머에서 해가 떠.”

“그럼 그쪽으로 가보자.”

“그런데 오빠는 이름이 뭐야?”

“아, 아직 내 이름도 가르쳐 주지 않았구나. 나는 단운도라고 해.”

“왜 이곳에 왔어?”

“네 오빠와 같은 경우지.”

“운도 오빠도 우리 오빠처럼 바보로구나. 꼬임에 넘어갔으니 말이야.”

“너는 그들이 네 오빠에게 무슨 말을 했는지 아는 거니?”

“똑똑히 알아. 오빠 곁에서 나도 들었으니까.”

“뭐라고 했지?”

“힘을 준다고 했어. 세상을 손아귀에 넣을 만한 그런 힘.”

“힘이라고? 단지 그 말 한마디 때문에 네 오빠가 이 지옥으로 들어왔단 말이냐? 누군지도 모르는 그들을 따라서?”

“오빠에게는 힘이 필요해. 그래야 원수를 갚을 수 있거든. 오빠는 언제나 그걸 원했어.”

“사연이 있구나?”

“왜 그랬는지는 몰라. 하지만 누군가가 아버지를 죽였다는 건 알아. 몇 년 전의 일이었지. 나는 그걸 똑똑히 기억해. 그 나쁜 놈들이 아버지를 죽이고 어머니도 죽였어. 나와 오빠는 아직 어렸기 때문에 살려주었지. 하지만 처음에는 우리도 죽이려고 했는걸 뭐."

"네 아버지에게 원수가 많았던 모양이구나?"

"몰라. 하지만 그들은 아버지에게 마교의 주구라고 했어. 아버지는 아무런 변명도 하지 않으셨지."

운도가 깜짝 놀라 멈추어 섰다.

"마교라고? 너의 아버지가 마교의 사람이었어?"

"나에게는 그냥 아버지일 뿐이야."

묘화가 입술을 악물었다.

운도는 사정을 짐작할 수 있었다.

절대천마 풍약헌이 모습을 감추고 홍안적성이 중원을 떠났을 때 그들을 따라가지 않았거나, 은밀한 임무를 부여받고 남게 된 마교의 수하들이 있었으리라.

그들은 신분을 감추고 숨어 살았을 게 틀림없다.

어떤 목적이 있었는지는 모른다.

하지만 무림맹은 몇 년이 지났어도 끈질기게 마교의 잔당들을 색출했고, 강호에 숨어 있던 자들은 대부분 발각되어 죽임을 당했다.

묘화의 아버지 또한 그때에 죽은 게 틀림없었다.

'그렇다면 홍안적성에서는 은밀히 그 후예들을 찾아내고 그들 중 자질이 엿보이는 자들을 골라 이 지옥으로 데려온 게 아닐까? 마졸로 키우기 위해서 말이야.'

그렇게 짐작하자 이 엉뚱한 상황이 대충 이해되었다.

　‘하지만 단 한 사람만 살아서 이곳을 나갈 수 있다고 했는데?’

　그건 또 다른 의문이었다.

　‘세상에 대해 지독한 한을 가진 마교의 후예들을 모은다면 그런 자들이 많을수록 흥안적성으로서는 좋아해야 할 일이 아닐까? 그런데 이 지옥에서 서로 싸우게 하고 그중 마지막까지 살아남은 한 명만 데려간다면 그들은 어떤 목적으로 그렇게 하는 것일까?’

　오래 생각할 것도 없었다. 결론은 한 가지밖에 생각할 수 없었다.

　“절대천마!”

　운도가 우뚝 멈추어 섰다. 저도 모르게 버럭 소리친다.

　“그들은 절대천마를 만들어내려는 것이다!”

　그래서 세상에서 가장 지독한 상황 속에 떨어뜨리고, 서로 치열한 생존 경쟁을 하게 한 것이다.

　그 속에서 끝까지 살아남은 자라면 인간의 한계를 뛰어넘어 마귀 그 자체라고 해도 될 만큼 지독해졌을 것이다.

　무시무시한 한과 살기와 증오의 덩어리로 화한 단 한 사람.

　그들이 필요로 하는 건 바로 그런 한 사람인 것이다.

　그리고 운도는 쾌도왕 갈포참과 장왕 진사곤, 상왕 황준보가 바로 자기에게 그런 기대를 걸고 있다는 걸 깨달았다.

　인성을 버리고 마성의 정화를 지닌 자가 되어 이 지옥에서 뚜벅뚜벅 걸어나오기를 바란 것이다.

쾌도왕 등은 이곳에 들어와 있는 그 누구보다 자신에게 더 큰 기대를 걸고 있다는 것도 알았다.

그렇기에 그토록 오랜 세월 동안 십대천마로 불리는 마교의 절정고수가 무려 세 명씩이나 제 곁을 맴돌며 지켰던 것 아니겠는가.

장왕 진사곤은 나중에 만났지만 자신의 절기를 아낌없이 물려주고 죽기까지 했다.

염 부인이 천마심공의 비급을 넘겨주고 쾌도왕이 쾌도 비결을 전수한 것도, 장왕 진사곤이 무형장법을 가르쳐 준 것도 이곳에서 제가 살아 나오기를 바랐기 때문이었을 것이다.

'과연 내가 그렇게 할 수 있을까?

어젯밤에 보았던 더벅머리청년과 그의 무리를 생각하자 그런 회의가 들었다.

'하지만 규칙이 정말 그렇다면 살아서 이곳을 떠나는 자는 반드시 내가 되어야 한다.'

운도가 이를 악물었다.

나야말로 누구보다 깊은 한을 품은 자 아니던가, 하는 생각이 들었던 것이다.

그 한을 풀려면 살아서 이곳을 나가야 한다.

이곳이 지옥이든 아니든 상관없다고 생각했다.

'헤쳐 나아가야 할 상황이라면 반드시 그렇게 할 것이다.'

주먹을 불끈 쥔 운도는 묘화를 위해서 그녀의 오빠를 찾아주는 것을 이곳에서 제가 해결해야 할 첫 번째 일로 정했다.

“동쪽이라고 했지? 가자.”

운도가 성큼성큼 걸어가자 묘화가 잔뜩 두려워하는 얼굴이
되어 뒤를 따랐다.

“아!”

운도가 놀란 외침을 터뜨리며 멈추어 섰고, 무언가 하여 고
개를 빼고 바라보던 묘화도 “악!” 하는 비명을 터뜨리며 손으
로 얼굴을 가렸다.

나뭇가지에 한 개의 머리통이 대롱대롱 매달려 있었던 것이
다.

매달아놓은 지 오래된 것 같았다. 부패가 진행되고 있었던
것이다.

그 지독한 모습에 운도가 어금니를 악물었다.

누군지 알 수 없지만 운도 또래의 소년이었다.

“칠보 오빠야.”

묘화가 반쯤 울음이 섞인 음성으로 말했는데, 턱을 덜덜 떨
고 있어서 알아듣기 힘들었다.

“아는 사람이라고?”

“우리와 함께 있었어. 열흘 전에 염 가에게 잡혀갔는데, 그
런데……”

털썩 주저앉은 묘화가 기어이 우왕— 하고 울음을 터뜨렸
다.

제 오빠인 기고춘 또한 저런 꼴이 되었을 것이라고 생각한

게 틀림없다.

"으음—"

운도가 탄식하더니 이를 부드득 갈았다. 이런 끔찍한 짓을 자행한 염 가 패거리에 대한 증오와 분노가 솟구쳤던 것이다.

"가자."

다리에 힘이 풀려 버린 묘화를 들쳐 업고서 다시 얼마쯤 숲을 헤쳐 나아갔을까.

"음—"

거기에도 있었다.

보란 듯이 나뭇가지에 대롱대롱 매달려 있는 또 하나의 머리통인데, 아직 부패가 덜 진행된 것으로 보아 매달아놓은 지 며칠 지나지 않은 듯했다.

피가 다 빠져나와 백지장처럼 창백해져 있는 얼굴이 눈을 부릅뜨고 있어서 더욱 끔찍하다.

묘화는 아예 두 눈을 꼭 감고 있었다.

운도의 목을 꽉 끌어안은 채 등에 얼굴을 파묻고 온몸을 가늘게 떨기만 했다.

"그들이 있는 곳이 어디지?"

몇 번을 묻자 그녀가 겨우 손가락으로 앞을 가리키며 말했다.

"조금만 더 가면 돼. 거기 귀왕폭이라고 하는 폭포가 있어. 그들은 그 뒤에 있는 동굴에서 살아."

"귀왕폭."

운도가 어금니를 지그시 악물었다.

그것도 들어본 적이 있는 이름이었던 것이다.

첫날, 더벅머리청년의 패거리 속에 있을 때에 저를 달아나게 했던 이름도 모르는 소년이 말하지 않았던가. 귀왕폭 아래에서 너를 죽일 거라고. 그러니 어서 달아나라고.

운도는 염 가 패거리와 더벅머리청년의 패거리가 서로 싸우고 있다는 걸 짐작했다.

저 핏기를 잃은 머리통은 더벅머리청년의 패거리 중 한 명의 것이 틀림없을 것이다.

염 가는 자신의 영역 경계에 죽인 자의 머리통을 매달아놓아 경고하고 있는 것이리라.

그리고 더벅머리는 그들에게 공포심을 주기 위해 일부러 자기를 이곳까지 끌고 와 그들이 보는 앞에서 잔인하게 죽이려고 했을 것이다.

"어떻게 해……."

오빠의 생사에 대한 걱정과 더 이상 염 가 패거리의 영역 안에 들어간다는 것에 대한 두려움으로 묘화가 어쩔 줄 모르고 그 말만 되풀이했다.

운도가 이를 악물었다.

"가자. 여기까지 왔으니 되돌아갈 수 없지. 가서 네 오빠에 대하여 물어보자."

"그런 다음에는?"

"살아 있다면 데리고 나오는 거지."

"죽었다면?"

“다시는 그런 짓을 하지 못하도록 해야겠지.”

묘화가 무엇을 생각하는지 잠시 침묵하더니 운도의 목을 더 꼭 끌어안으며 말했다.

“오빠가 그렇게 할 수 있어? 염 가는 무서워. 표 가 못지않아.”

“표 가라고?”

“염 가와 함께 이곳에서 가장 큰 세력을 가지고 있는 두목이야.”

운도는 언뜻 더벅머리청년을 떠올렸다.

그의 광기에 젖어 번들거리던 눈이 생각나 절로 소름이 돋는다.

“혹시 그는 더벅머리를 하고 있는 청년 아니냐?”

“맞아. 표사군이라고 해. 오빠는 그를 보았구나?”

“으음—”

운도는 그 청년의 이름이 표사군(標司軍)이라는 걸 비로소 알았다. 머릿속에 단단히 기억해 두었다.

표사군에게는 열 명의 수하가 있는데 그중 싸움에서 힘을 쓸 만한 청년은 다섯 명에 지나지 않았다.

그런데 묘화의 말에 의하면 염필도에게는 스무 명이나 되는 패거리가 있었다.

운도는 그게 사실이라면 염필도보다 표사군 패거리가 훨씬 위험할 것이라고 생각했다.

반밖에 되지 않는 수로 서로 대등한 세력을 이루고 있으니 그렇다.

그건 표사군과 그가 거느리고 있는 자들이 하나같이 고수들이기 때문이리라.

염필도는 포악과 잔혹함으로 그들과 대적하고 있을 것이다. 그렇다면 그자는 지독한 악바리일 것이라는 판단도 할 수 있었다.

"그들 두 패거리 외에 이곳에 또 다른 패거리들이 있어?"

"그냥 함께 행동하고 있는 몇 개의 무리가 있을 거야."

거기에 대해서는 묘화도 정확히 알지 못하고 있었다.

운도는 그 몇 개의 소수자 무리가 우선 표사군과 염필도의 사냥감이 되고 있다는 걸 짐작했다.

그들을 다 죽이고 나면 비로소 본격적으로 두 집단이 전쟁을 벌여서 최후의 승부를 가리려는 속셈일 것이다.

자세한 것은 염필도라는 지를 만나보면 알게 될 것이라고 생각한 운도가 뚜벅뚜벅 묘화가 가리킨 방향을 향해 걸어갔다.

그렇게 숲을 반쯤 건너자 저 앞쪽에서 우렁찬 폭포 소리가 들려왔다.

그리고 앞쪽과 좌우의 수풀이 버석거리는 소리를 내며 요란하게 흔들렸다.

第八章

야차왕(野次王) 염필도(廉弼道)

마룡의
후예

'왔다!'

운도는 그들이 곧 나타날 것이라고 이미 짐작하고 있었으나 이처럼 기척을 드러내자 절로 긴장이 되었다.

묘화를 등에서 내려놓은 그가 낮고 빠르게 말했다.

"내 곁에 꼭 붙어 있어야 한다."

묘화가 잔뜩 긴장하고 겁먹은 채 마구 고개를 끄덕였다.

"못 보던 놈이구나."

걸걸한 음성.

손에 긴 목창(木槍)을 두 개나 쥐고 있는 자였다.

곧고 단단한 나뭇가지를 잘라 그 끝을 뾰족하게 깎아낸 것인데 보기에도 대단히 위협적이고 위험한 물건이었다.

운도는 앞을 가로막고 선 자의 면면을 훑어보았다.

스무 살 남짓 되어 보이는 자인데 체구가 크고 얼굴이 심하게 얽어 있었다.

드러난 팔뚝과 다리통에 울퉁불퉁 근육들이 불거져 있는 것이 힘깨나 쓰는 자가 틀림없으리라.

"염필도냐?"

운도가 두 주먹을 거머쥔 채 그렇게 묻자 청년이 껄껄 웃었다.

"크하하— 겁도 없는 놈이구나. 감히 염 두령의 이름을 함부로 부르다니?"

"아니라면 상관없다. 비켜서."

곰보청년이 두리번거렸다.

운도가 저렇게 배짱을 부리는 게 수상했으리라.

하지만 아무리 살펴보아도 동행이 있지 않으니 가소롭게만 여겨지는 모양이었다.

"네놈은 누구냐? 표 가가 보내서 왔느냐?"

"나는 단운도다. 아무와도 상관없어. 오직 한 가지를 알고 싶어서 왔을 뿐이다."

"그게 뭐지?"

말을 하면서도 그자는 묘화의 온몸을 핥듯이 힐끔거리고 있었다.

두 눈에 욕정이 가득해진다.

그걸 보면서 운도는 말할 수 없는 혐오감과 함께 적개심을 느꼈다.

당장 달려들어 저놈의 두 눈을 파내 버리고 싶다는 충동을 참기 힘들었다.

곰보청년이 음침하게 말했다.

"저년을 나에게 넘겨라. 그럼 너는 무사히 살아서 돌아가게 해주지."

운도는 말 같지 않은 말에 대꾸할 마음도 없었다. 코웃음을 칠 뿐이다.

곰보청년이 더욱 음침한 얼굴로 히죽거렸다.

"흐흐, 그렇지 않다면 네놈을 죽이고 저년을 데려가겠다. 결과는 마찬가지야. 그러니 잘 생각해 봐라."

운도의 입꼬리가 차갑게 말려 올라갔다.

"네가 과연 그렇게 할 수 있을까?"

"무엇이?"

운도의 비웃음에 자존심이 상한 듯 곰보청년이 목창 한 자루를 곧 던질 듯이 들어 올렸다.

눈을 부릅뜨고 험악하게 인상을 쓴다.

그러나 운도는 태연했다. 속으로는 잔뜩 긴장하고 있을망정 그것을 드러내 보이지 않았던 것이다.

그는 생사가 결정될 그 순간에 쾌도왕을 떠올리고 있었다.

황피령 아래의 억새 벌판에서 그가 싸우던 모습이다.

싸움은 이렇게 하는 것이라고 쾌도왕은 온몸으로 보여주지 않았던가.

그때 운도는 그의 작두에서 영원히 잊을 수 없는 한 가지를 배웠다.

그건 바로 그건 과감성이었다.

적의 목숨을 취하기 위해서는 내 목숨도 내던져야 한다는 걸 보고 배운 것이다.

두려움없이 상대를 대하는 게 승리의 첫 번째 비결이라는 것도 알았다.

나의 용맹과 필승의 의지로 상대를 질리게 만드는 게 두 번째 비결이다.

기선을 제압한다는 바로 그것이다.

운도가 그런 독한 마음가짐으로 늠름하게 버티고 서 있자 과연 곰보청년은 망설였다.

저놈에게 대체 어떤 믿는 구석이 있기에 이런 상황에서도 오히려 기세가 더 높아지는가? 하는 의구심을 가졌으리라.

'단번에.'

운도는 내심 그렇게 작정하고 있었다.

단번에 저 못생긴 곰 같은 놈을 제압하지 못하면 숲속에 숨어 있는 자들의 사기를 꺾어놓을 수 없는 것이다.

"해봐!"

그가 오만하게 턱을 치켜들고 도전적인 말을 던졌다.

거친 숨을 씩씩거리며 잡아먹을 듯이 노려보던 청년이 기어이 참지 못하고 맹수가 포효하는 것 같은 고함을 터뜨렸다.

"으얍!"

휙—

창이 가슴을 노리고 날아들었다.

불과 열 걸음 앞, 지척에서 던져 낸 그것의 위력은 능히 나무둥치라고 해도 꿰뚫어 버릴 것 같았다.

더구나 그 맹렬한 속도라니…….

그것을 보고 느끼는 건 너무 늦다.

운도가 본능적으로 무형장법의 보법을 밟았다.

빙글 옆으로 몸을 돌린 것과 동시에 요란한 바람 소리가 가슴을 서늘하게 훑고 지나갔다.

쾅!

그것이 등 뒤의 나무에 박혀 부르르 떨 때 다시 한 개의 창이 무섭게 빠른 속도로 밀려들었다.

운도가 몸을 트는 그 찰나의 순간에 곰보청년이 다섯 걸음을 훌쩍 떼어 좁혀든 것이다.

미련해 보이는 덩치에 그런 움직임이라는 건 보고도 믿기 힘들었다.

그자가 힘껏 찔러댄 창에는 운도의 몸통을 산적처럼 꿰어버리고도 남을 힘이 실려 있었다.

'모서리를 친다!'

운도의 머릿속에 번갯불처럼 번쩍이는 생각.

장왕 진사곤이 보여주었던 그 움직임의 묘법이 본능처럼 다시 한 번 펼쳐졌다.

몸을 회전하면서 왼손을 부드럽게 뻗어 창대를 밀어내자 곰보청년의 힘은 저절로 그렇게 된 것처럼 옆으로 흘렀다.

창대를 훑듯이 회전해 들어간 운도는 청년이 미처 몸의 중심을 잡기 전에 이미 그의 턱 앞에 접근해 있었다.

회전해 들어간 힘을 고스란히 실은 오른 팔꿈치가 작은 원을 그리며 청년의 턱에 그대로 꽂혔다.

빡!

경쾌한 소리.

'제대로 걸렸다!

운도는 제 팔꿈치를 뻐근하게 하며 전해지는 그 느낌만으로도 청년의 턱이 부서졌다는 걸 알 수 있었다.

"크헉!"

과연 곰보청년이 답답한 비명을 터뜨리며 휘청, 하고 모로 기울었다.

반보 내딛어 이번에는 정면으로 쳐들어간 운도가 수도와 팔꿈치를 동시에 휘둘러 부수었다.

좁은 공간에서 짧게 끊어 치고 연속으로 몰아치는 아미파 천수불장의 눈부신 타격법이다.

그것 앞에서 청년은 정신을 차릴 새도 없었다.

빠바박―

연이은 충격에 온몸을 흔들거릴 뿐, 제가 어떻게 당하고 있는 건지도 미처 알아채지 못했다.

한순간에 다섯 번을 몰아치는 운도의 손은 눈으로 살펴볼 수 없을 정도로 빨랐다.

그 속도에 정확함이 더해졌으니 작은 힘으로도 수십 배의 위력을 능히 발휘한다.

마지막 일격은 발이었다.

운도가 번쩍 발을 들어 중심을 잃은 청년의 옆 무릎을 찍어 누르듯이 밟아버린 것이다.

꽈직!

무릎 관절이 탈골되는 끔찍한 소리가 났다.

"끄아악!"

곰보청년이 비명을 터뜨리며 커다란 통나무가 넘어지듯이 쿵! 하고 모로 쓰러져 처박혔다.

운도가 성큼 다가가 의식을 잃고 축 늘어진 그의 목줄기를 지그시 밟았다.

눈 깜짝할 사이에 끝나 버린 싸움이었다.

묘화가 눈을 휘둥그레 뜨고 그 믿지 못할 상황을 바라보았다.

아직도 그녀는 운도가 어떻게 한 건지 제대로 이해하지 못하는 게 틀림없었다.

그건 숲속에 몸을 감추고 있는 자들도 마찬가지였다.

당황해 술렁거리는 기척이 고스란히 느껴진다.

"나와라. 그렇지 않으면 이놈의 숨통을 끊어버리고 말 테다."

아직도 남아 있는 싸움의 긴장과 흥분을 억누르며 운도가 침착하게 말했다.

목줄기를 밟은 발에 지그시 힘을 준다.

숲속에서 하나둘 모습을 드러내기 시작했다.

모두 네 명이었는데, 운도 또래의 소년이 셋에 곰보청년과 같은 스무 살 전후로 보이는 매부리코의 청년이 한 명이었다.

모두 손에 몽둥이며 돌도끼를 들었다.

"저놈이야!"

그들을 두렵게 바라보던 묘화가 매부리코청년을 가리키며 악을 썼다.

"저놈이 오빠를 끌고 갔어! 오빠를 때렸어!"

운도가 그자를 무섭게 노려보았다.

매부리코청년이 주춤한다.

그가 몽둥이를 들썩거리며 눈짓으로 운도의 발에 밟혀 있는 곰보청년을 가리켰다.

"그를 놓아줘라."

운도가 코웃음을 쳤다.

기세를 제압했으니 더욱 강하게 몰아붙일 필요가 있는 것이다.

"네가 기고춘을 끌고 갔느냐?"

"흐흐, 그놈이 기고춘인지 뭔지 알게 뭐냐?"

"그는 어떻게 되었지?"

"그렇게 궁금하면 직접 알아봐."

"좋다. 나를 염필도에게 안내해. 그렇지 않으면 우선 이놈의 멱줄을 끊어놓고 나서 내 발로 찾아가겠다. 그때는 한 놈도

성치 못할 줄 알아."
　매서운 협박이다.
　지그시 발에 힘을 주자 곰보청년이 의식이 돌아온 듯 캑캑
거렸다.
　고통스럽게 몸을 뒤챈다.
　매부리코청년이 다급하게 소리쳤다.
　"만약 그를 죽인다면 너는 이곳에서 죽어도 온전하게 죽지
못할 것이다!"
　운도는 제가 제압하고 있는 곰보청년이 이놈들 중에서 꽤
비중이 있는 자인 모양이라고 짐작했다.
　더욱 자신감이 생긴다.
　"나를 염필도에게 안내할 테냐, 말 테냐? 그것만 말해."
　"좋다. 안내해 주지."
　운도가 더욱 발에 힘을 주자 매부리코청년이 마구 고개를
끄덕였다.
　"그럼 앞장서. 허튼수작 부렸다가는 모조리 짓밟아 버리고
말 테다."
　운도가 비로소 곰보청년을 놓아주고 묘화의 손을 잡았다.

　콰콰콰콰—
　폭포 소리가 사방에 진동했다.
　머리 위 이십여 장 되는 곳에서 쏟아지는 물줄기는 그 폭이
이 장 가까이 될 만큼 크고 웅장했다.

그것이 깊고 푸른 용소(龍沼)에 흰 물보라를 날리며 쏟아져
내리는 모습은 절로 감탄성이 터져 나올 만큼 장관이었다.

미리 연락을 받았던지, 그 앞 흰 백사장에 십여 명의 사람이
늘어서서 기다리고 있었다.

운도는 그들 중 한 사람을 주목했다.

덩치가 조금 전 숲에서 싸웠던 곰보청년보다 더 크고 퉁방
울 같은 눈에 핏발이 섰으며, 살집이 두터워 두어 아름짜리 통
나무를 세워놓은 것 같은 자.

그자가 바로 이자들의 두령이라는 염필도이리라.

스무 살이 조금 넘어 보이는데, 얼굴에 온통 검은 구레나룻
이 덮여 있어서 멀리서 보면 나이보다 훨씬 노숙해 보이는 자
였다.

그자는 조악하게 만든 나무 의자에 거만하게 앉아 있고, 그
좌우에 수하들이 늘어서 있었다.

일견 비대한 곰을 연상시키는 그자는 운도가 매복에 나섰던
수하들에게 에워싸여 다가오는 걸 뚫어지게 바라보고 있다.

그러다가 운도의 손을 잡고 있는 묘화를 보고 붉은 입을 쩍
벌리며 소리없이 웃었다.

"그때의 그 계집애로구나."

묘화는 제대로 걸음을 걷지 못할 정도로 겁에 질려 있었다.

염필도의 핏발 선 눈길을 받고는 그 자리에 주저앉아 버린
다.

운도가 말없이 염필도를 노려보았다.

십여 장의 거리를 격하고 두 사람 사이에 치열한 눈싸움이 시작되었다.

그러는 동안 매부리코의 청년이 다리가 부러져 운신할 수 없게 된 곰보청년을 업고 와 염필도 앞에 내려놓았다.

곰보청년은 한눈에 보기에도 처참할 만큼 엉망으로 깨진 모습이었다.

염필도 앞에 엎드린 채 감히 고개도 들지 못하고 어깨를 바들바들 떤다.

"쯧쯧—"

염필도가 그런 곰보청년을 못마땅하다는 듯 내려다보며 혀를 찼다.

"얼굴을 들어봐. 꼴이나 좀 보자."

한 발을 뻗어 곰보청년의 턱을 받쳐 올린다.

그 지독한 모욕에도 곰보청년은 감히 한마디도 하지 못하고 상체를 일으켰다.

염필도가 잔뜩 눈살을 찌푸린 채 다시 쯧쯧, 하고 혀를 차며 한심해 죽겠다는 듯 내려다보았다.

"저런 피라미 같은 놈에게 그 꼴이 되다니, 너도 이제 명이 다했나 보구나."

그 말에 곰보청년이 사색이 되어 소리쳤다.

"두, 두령, 그렇지 않소. 그저 잠시 방심을 했다가 그만 얼떨결에 당했을 뿐이오!"

"시끄럽다."

"염 두령, 제발 한 번만 더 기회를 주시오. 그러면 내 손으로 반드시 저놈을……."

"시끄럽다고 했다."

"……."

곰보청년이 새파랗게 죽은 얼굴로 즉시 머리를 모래 위에 처박았다.

역겹다는 듯 그런 곰보청년의 뒤통수를 노려보던 염필도가 손을 내밀었다.

그게 무슨 뜻인지 이미 잘 알고 있는 듯, 다른 자들의 눈꼬리가 파르르 떨렸다. 더러 외면하는 자도 있다.

곁에 있던 무심한 얼굴의 청년이 들고 있던 몽둥이를 염필도의 손에 넘겨주었다.

그것을 받아 든 염필도가 쩝, 하고 입맛을 다시더니 벌떡 일어나 그대로 곰보청년의 뒤통수를 내려쳐 버렸다.

한 점의 망설임도 없다.

퍽!

끔찍한 소리가 터져 나왔다.

곰보청년은 비명 한마디 지르지 못했다.

뒤통수가 박살이 나서 붉은 피를 뿜어내며 엎어진다.

"억!"

그 의외의 일에 운도가 놀라 비명을 터뜨렸다.

"아악!"

묘화의 자지러지는 비명 소리도 귀에 들리지 않았다.

눈을 부릅뜨고 있는 운도는 지금 제가 보고 있는 걸 믿을 수
없었다.

퍽, 퍽, 퍽!

염필도가 몽둥이를 계속 휘둘러 곰보청년의 머리통을 완전
히 부수어놓고 있었던 것이다.

몽둥이가 번쩍 들릴 때마다 선연한 피와 함께 허연 뇌수가
묻어났다.

그렇게 몇 번 두드려 대자 곰보청년의 머리통은 온데간데없
이 사라져 버리고 말았다.

운도는 그 끔찍하고 기가 막히는 광경에 할 말을 잃었고, 다
른 자들도 모두 벙어리가 된 것처럼 침묵하기만 했다.

휑한 공간에 웅장한 폭포 소리와 씩씩거리는 염필도의 살기
어린 숨소리만 퍼져 나갔다.

염필도가 몽둥이를 내던지고 다시 의자에 앉았다.

그의 발아래 모래땅이 핏물에 젖어 질펙거리지만 개의치 않
는다.

운도 또래의 소년이 재빨리 나와 염필도가 내던진 그 끔찍
한 몽둥이를 들고 물가로 달려가 깨끗이 씻었다.

소년이 몽둥이를 다시 염필도 곁의 무심한 얼굴의 청년에게
공손히 바치고 물러나는 동안 누구도 말을 하지 않았다.

숨조차 크게 쉬지 않는다.

조금 전까지도 동료이자 소두령이었던 곰보청년의 처참한
주검은 이제 더 이상 관심 밖인 것 같았다. 오직 염필도의 다

음 행동에 신경을 곤두세우고, 흥분한 짐승이 그르렁거리듯
하는 그의 숨소리에 바짝 긴장할 뿐이다.
　"쓸모없는 놈은 죽을 뿐이야. 누구에게도 예외는 없다."
　염필도가 비로소 흥분을 가라앉히고 느긋하게 말했다.
　"패배자도 마찬가지지."
　"으음— 너는 정말 인간 말종이구나."
　운도가 잔뜩 눈살을 찌푸린 채 말했다.
　어금니를 악물고 있어서 이 사이로 흘러나오는 음성이 스산
하게 들린다.
　염필도가 히죽 웃었다.
　"이곳에서 그 말은 패배자에게나 어울리는 말이지. 너는 어
떠냐?"
　"나는 너와 달라."
　운도가 당당하게 말했다.
　염필도의 험악하고 끔찍하도록 잔인한 면을 똑똑히 보았지
만 조금도 위축되지 않았다.
　오히려 그에 대한 증오가 커져서 원래의 자신감에 분노의
힘이 더해졌으므로 더욱 의연하다.
　염필도는 그런 운도가 이해되지 않는 모양이었다.
　고개를 갸웃거리며 운도의 머리끝부터 발끝까지 훑어보기
를 여러 차례.
　"너는 제법 쓸만한 놈 같아 보인다. 왜 너 같은 놈이 여태까
지 드러나지 않았는지 모르겠군."

은근히 적의를 거두고 최대한 친근해 보이려고 애쓰는 미소를 지었다.

하지만 운도에게는 히죽거리는 염필도의 그런 얼굴이 더욱 가증하고 혐오스러울 뿐이었다.

"이 아이를 알겠지?"

운도가 묘화를 앞에 세웠다. 염필도는 히죽 웃기만 했다. 그 느글거리는 모습에 욕지기가 올라오는 것이어서 운도는 그것을 가까스로 참아야 했다.

"이 아이의 오빠를 어떻게 했지?"

"어떻게 했을 것 같으냐?"

염필도가 발을 까닥거렸다. 아직도 핏물에 젖어 있는 모래에서 철벅거리는 소리가 난다.

그것마저 끔찍하고 징그럽기 짝이 없어서 운도가 더욱 눈살을 찌푸렸다.

"설마 죽인 건 아니겠지?"

"아니라면?"

"그렇다면 돌려보내라."

"죽였다면?"

"너를 죽여 다시는 이런 짓을 하지 못하도록 하겠다."

"크하하하—"

운도의 말에 염필도가 배를 쥐고 한참 동안이나 웃어댔다.

그때까지도 두려움으로 벌벌 떨고 있던 묘화가 발작적으로 소리쳤다.

“내 오빠를 내놔! 그렇지 않으면 내가 너를 죽일 거야! 내 손으로 오빠의 복수를 해주고 말겠어! 반드시 그렇게 할 거야!”

뚝.

비단폭을 찢는 것 같은 묘화의 그 뾰족한 고함 소리에 염필도가 갑자기 웃음을 그쳤다.

퉁방울 같은 눈을 끔뻑이며 묘화를 찬찬히 바라보더니 침을 꿀꺽, 하고 삼킨다.

“이제 보니 제법 여자 티가 나는 계집애로구나? 품을 만한 걸?”

“뭐라고?”

염필도의 말에 운도의 살기가 하늘을 찌를 듯 뻗치고 말았다.

“너는 살아 있을 가치가 없는 놈이다!”

외치기 무섭게 땅을 박찼다.

휙―

그의 몸이 던져진 것처럼 곧장 염필도의 면전으로 날아갔다.

쉬앙―

허공에 몸을 띄운 채 두 발을 번갈아 걷어찼는데, 이귀율과 싸울 때에 익혔던 수법이었다.

하운봉이 두 자루의 단창을 휘두르던 수법을 각법으로 변형한 것이다.

비대한 염필도가 운도의 그 재빠른 공격을 피할 수는 없었다.

“흥! 제법 재간을 부린다만…….”

염필도가 여전히 의자에 버티고 앉은 채 통나무 같은 두 팔을 어지럽게 휘둘렀다.

힘이 실려 있는 강한 수비 수법이었다.

쾅쾅쾅!

세 번을 팔뚝으로 그렇게 운도의 발길질을 막아냈는데, 단순히 막았다기보다 힘껏 쳐냈다고 해야 할 그런 동작이었다.

그의 팔뚝과 부딪칠 때마다 운도는 발목과 무릎이 은은히 저려오는 충격을 받아야 했다.

그러니 넘치는 힘과 단단한 몸뚱이를 무기로 한 염필도의 수비 수법은 그 자체로서 반격의 수법이기도 했다.

걷어찬 운도가 오히려 큰 충격을 받을 수밖에 없었으니 그렇다.

운도가 염필도의 가슴을 찼다.

그 탄력으로 다시 허공에 몸을 띄우며 이번에는 두 무릎으로 번갈아 얼굴을 걷어찼다.

꽝꽝!

이번에도 염필도는 팔을 휘둘러 그것을 쳐냈는데, 운도의 체중과 힘이 고스란히 실린 무릎치기의 위력에는 그의 거구도 흔들거렸다.

쾅!

운도가 몸이 떨어지는 기세를 팔꿈치에 실어 힘껏 염필도의 정수리를 내리찍었다.

엄청난 소리가 머리통에서 터져 나왔다.

적지 않은 충격을 받았을 것이다.

하지만 그는 통방울 같은 두 눈을 끔벅거리며 상체를 흔들거릴 뿐 여전히 의자 위에 버티고 앉아 있었다.

운도는 자신의 그 팔꿈치 일격이 염필도의 정수리에 정확히 꽂혔다는 걸 알고 있었다.

그의 생각대로라면 염필도는 즉시 뇌호가 파괴되어 입과 코로 피를 쏟으며 죽었어야 한다. 그러나 잠시 멍해졌을 뿐 멀쩡하지 않은가.

운도는 질리고 말았다.

눈앞의 염필도가 사람이 아니라 끔찍한 괴물처럼 보일 수밖에 없다.

"괴물 같은 놈이었군."

운도의 씹어뱉는 듯한 말에 염필도가 히죽 웃었더니 끙, 하고 몸을 일으켰다.

보기 드문 거구였다.

운도보다 머리통 두 개는 더 솟아나 있다.

그 거구에 체구마저 곰 같으니 담이 적은 자는 보는 것만으로도 기가 죽을 것이다.

염필도가 머리통이 아프다는 듯 인상을 찡그리고 목을 좌우로 움직였다.

그때마다 뿌드득거리는 소리가 끔찍하게 났다.

"가르쳐 주지."

염필도가 손을 내밀었다.

그 곁에 있던 무심한 얼굴의 청년이 조금 전 곰보청년의 머리통을 부수었던 몽둥이를 다시 건네준다.

그것을 쥔 염필도가 허공에 몇 번 휘둘러 대자 웅웅거리는 웅장한 바람 소리가 사방에 울려 퍼졌다.

운도는 비록 내색하지 않고 여전히 태연한 신색으로 서 있었지만 내심 바짝 긴장하고 있었다.

염필도의 저 엄청난 힘과 비대한 몸집을 어떻게 상대해야 할 것인지 막막하기도 하다.

"기고춘인지 뭔지 하는 놈은 벌써 죽었다."

"으음—"

운도가 억눌린 신음성을 흘렸고, 묘화는 "아악!" 하고 찢어지는 비명을 터뜨렸다.

"이 나쁜 놈, 반드시 내 손으로 죽어서 오빠의 원수를 갚고야 말 테다!"

앙증맞은 두 주먹을 움켜쥐고 새파랗게 질린 얼굴로 악을 써대는 것이 발작하는 것과 다름없었다.

염필도에 대한 증오와 원한이 두려움보다 더 커져서 이 작은 여자아이를 미치게 하고 있는 건지도 모른다.

염필도가 느물거리며 말했다. 그는 발작하는 묘화와 그녀를 붙들고 있는 운도를 한꺼번에 비웃었다.

"흐흐, 여기가 어디라고 생각하는 거지? 황법이 지배하는 세상도 아니고, 의협 운운하는 강호도 아니다. 여기는 말 그대로 지옥이야. 그걸 잊은 건 아니냐?"

묘화가 "끙" 하는 신음을 흘리더니 쓰러졌다.

기어이 정신을 잃어버리고 만 것이다.

어린 소녀가 감당하기에는 너무 큰 충격을 받은 탓이다.

운도가 묘화를 안아 들었다.

무섭게 염필도를 노려보더니 가슴속 저 깊은 곳에서 으르렁 거리는 울림처럼 말을 토해냈다.

"아무리 이곳이 지옥이라고 해도 나는 사람이기를 포기하지 않겠다. 하지만 너는 이미 인성마저 포기한 놈이야. 짐승보다 못하다. 악귀 야차로 변해 버렸지. 나는 그런 너를 증오하고 혐오한다."

"호호호— 네 말은 칭찬으로 들리는구나. 이곳에서 살아 나갈 사람은 나뿐이라고 하는 말과 같거든."

"과연 그렇게 될까?"

"호호, 장애가 될지도 모르는 놈 하나를 또 제거할 수 있게 되었으니 가능성이 더 높아진 거지."

염필도가 몽둥이를 움켜쥐고 성큼 다가왔다.

운도와 다섯 걸음 사이를 두고 멈추어 서서 잡아먹을 듯 노려보았는데, 입가에 느끼한 웃음이 번지고 있었다.

맛있는 먹이를 노리는 자의 탐욕으로 번들거리는 핏발 선 눈. 그게 그를 더욱 추악한 자로 보이게 했다.

운도가 여전히 묘화를 품에 안은 채 그를 경멸하며 마주 보았다.

"여기서 나를 죽이려고?"

"내가 직접 상대해 주는 걸 영광으로 알아라."

"흥, 언젠가는 내가 너를 상대해 줄 날이 있겠지. 그러나 지금은 아니다."

"흐흐, 겁이 나는 거냐?"

"천만에. 네가 상대할 자는 따로 있을 텐데? 그들이 곧 도착할 테니 죽을 준비나 해둬라. 꽁지가 빠지도록 달아나는 것도 좋겠지."

운도의 냉소적이고 조롱기 가득한 말에 염필도가 눈을 부릅떴다.

"그들이라니? 누구를 말하는 것이냐?"

"표사군."

"뭐라고?"

염필도가 버럭 소리질렀다.

맹렬한 적의가 두 눈에 이글거린다.

잡아먹을 듯 운도를 노려보던 그가 흐흐, 하고 음소를 흘렸다.

"너는 표 가 개놈의 앞잡이였구나?"

운도가 여전히 조소를 던졌다.

"나는 그들과 아무 상관도 없어. 묘화의 오빠를 죽인 건 너지 그들이 아니니까."

"아무 상관도 없다고?"

운도의 말에 이해할 수 없다는 듯 염필도가 머리를 갸웃거렸다.

"어젯밤 나는 그들을 염탐했지. 사로잡혔지만 빠져나왔다. 단단히 화가 나서 지금쯤은 나를 쫓아 여기까지 왔을걸?"

그 말은 단지 허풍에 지나지 않았다.

표사군을 들먹여 염필도를 혼란하게 하고, 그의 신경을 다른 곳으로 쏠리게 해서 기회를 잡아 이곳을 빠져나가려는 속셈인 것이다.

과연 염필도가 머뭇거렸다.

"네가 표 가에게 잡혔다가 빠져나왔단 말이냐? 어떻게?"

고개를 갸웃거린다.

표사군이 어떤 놈이고, 얼마나 지독하며 끈질긴 놈인지 잘 아는 그였다.

운도가 그의 손에서 무사히 빠져나왔다는 걸 믿을 수 없었다.

하지만 거짓말인 것 같지는 않으니 더 혼란스러워졌다.

운도가 그런 염필도의 혼란을 부채질하려는 듯 여전히 비아냥거렸다.

"그건 알 것 없고. 더 늦기 전에 짐이라도 싸두는 게 좋을 것이다. 저 소리가 들리지 않는 거냐?"

"소리?"

"표사군이 부하들을 이끌고 달려오는 소리 말이다. 내 귀에는 천둥소리처럼 들린다."

"허어—"

염필도가 눈을 부릅떴다.

운도의 말을 믿는 눈치였다.

"가서 살펴봐라!"

그가 뒤를 돌아보고 버럭 소리쳤다.

운도의 말에 잔뜩 긴장하고 있던 자들이 술렁이더니 그중 여덟 명이 즉시 숲속으로 달려들어 갔다.

염필도는 지금 운도를 죽여야 할지, 아니면 표사군을 상대할 준비를 해야 할지 아직 결정을 내리지 못한 듯 망설이고만 있었다.

"내가 표사군을 도와서 너를 치지 않는 걸 다행으로 여겨라."

운도가 선심을 베푼다는 듯이 말하고 돌아섰다.

염필도는 고민하지 않을 수 없었다.

저놈이 표사군에게 붙는다면 저에게는 그만큼 손해일 것이라는 생각이 들었다.

그 반대로 내 수하로 삼는다면 지금보다 유리해질 것이라는 생각도 했다.

그가 망설이는데 과연 저쪽 숲속에서 아우성과 비명 소리들이 터져 나왔다.

"그놈이 정말 왔다!"

염필도가 성난 곰처럼 소리쳤고, 운도는 어리둥절해졌다.

'정말 표사군 그가 왔단 말인가? 이런 우연도 있다니?

피식 웃음이 나온다.

第九章
흉계(凶計)

마룡의 후예

　잠깐 사이에 악쓰는 소리와 비명 소리가 소나기처럼 쏟아지
고, 무엇을 때려 부수는 것 같은 쿵쾅거리는 소리도 시끄럽게
들려오기 시작했다.
　그리고 숲속에서 온통 피투성이가 된 청년 한 명이 달려
오며 미친 듯 소리쳤다.
　"표 가다! 표 두령이 쳐들어왔다!"
　이제는 의심할 여지가 없다.
　"하필 이런 때에 그 씹어먹어도 시원찮을 놈이 쳐들어왔단
말이냐?"
　염필도가 이를 부드득 갈았다.
　운도를 노려보며 씩씩거린다.

하지만 그는 구렁이 같은 자였다. 징그럽기만 할 뿐 아니라 교활한 구석도 있다.

그가 선심을 쓴다는 듯 말했는데 적의를 감추고 훨씬 부드러워진 말투였다.

"좋아. 네가 나에게 건방지게 굴고 내 수하들을 때린 일은 용서해 주지. 가라. 내 너그러운 은혜를 잊으면 안 돼."

한껏 생색을 내는 속셈이 뻔히 들여다보이는 것이어서 운도가 피식 웃었다.

"잘해봐. 아끼지 말고 힘을 써야 할걸?"

운도가 여전히 이죽거려 주고 남쪽 숲으로 걸어 들어갔다.

북쪽에서 쳐들어온 표사군과 되도록 멀리 떨어지려는 것이다.

여유있게 숲속으로 사라지는 운도의 뒷등을 바라보던 염필도가 아깝다는 듯 쩝, 하고 입맛을 다셨다.

"저놈이야 언제든 다시 잡을 수 있지. 제까짓 게 가면 어디로 가겠어? 지금은 저놈 대신 표 가 개놈의 피 맛을 보면 그게 더 통쾌할 것이다."

중얼거리더니 아직도 아우성과 비명이 들려오고 있는 숲을 힐끔 바라보고 어깨를 우쭐거렸다.

"가보자. 표 가를 환영해 줘야지. 늦으면 그 속 좁은 놈이 또 삐칠라."

'구경해 볼까?'

운도는 그런 충동을 참기 힘들었다.

표사군에 대한 인상은 지울 수 없도록 강렬했다.

이 지옥에서 처음 만난 자이고, 강렬한 인상을 심어준 자였기 때문이다.

이곳의 주도권을 놓고 염필도와 경쟁하고 있다니, 그들의 싸움은 목숨을 건 치열한 것이리라.

한 명이라도 더 죽여야 내가 살아 나갈 확률이 높아진다고 생각하는 자들이 아닌가.

그러나 운도는 아직도 의식을 차리지 못하고 있는 묘화를 돌보는 게 더 급했다.

"아쉽군."

쓴 입맛을 다시며 점점 멀어져 갈 뿐이다.

"기회는 또 오겠지."

그렇게 스스로를 달랠 수 있는 것은 표사군과 염필도를 만나보고 나서 이곳에서의 생존에 대하여 자신감을 가졌기 때문이다.

운도는 모두 스무 살 전후의 청년과 소년들만 이곳에 모여 있다는 걸 짐작했다.

그들이 무공을 배운 자들인지 아닌지는 알 수 없다.

하지만 무공을 이미 배워서 고수의 반열에 든 자가 있다고 해도 자기의 경우처럼 내공이 모두 폐쇄되었으리라.

운도는 자신의 부족한 내공을 염려하지 않아도 된다는 데에 커다란 힘을 얻었다.

이미 익히고 있는 절세의 절기가 두 가지나 있지 않은가.

쾌도왕과 장왕의 절기라면 이곳에 들어와 있는 그 어떤 자의 무공보다 높을 것이라는 믿음이 크다.

거기에 아미파의 천수불장과 하가보의 음양쌍극이라는 단창 절기를 충분히 익혔다.

풍사곡주 위진평의 황룡장법까지 더한다면 백도십천 중 삼천의 절기들을 몸에 지녔으니 두려움이 있을 리 없다.

비록 한 가지씩에 불과하지만 그것만으로도 충분하다. 그래서 자신의 적수가 될 자는 많지 않으리라는 자부심도 컸다.

더욱 마음이 놓이는 건 이곳에 쇠붙이가 없다는 것이었다.

철로 된 도검이 없으니 병장기의 유리함에 의지할 수도 없다.

그러므로 이곳에서는 그 누구이든 예외없이 자신의 순수한 힘과 의지로 싸우고 이겨야 한다.

그건 운도에게 자신감을 더해주는 조건이 아닐 수 없었다.

귀왕폭에서 멀리 떨어진 개울가로 나온 운도가 묘화를 마른 모래밭에 눕혔다.

찬물을 끼얹어 주고 몸을 주물러 주자 그녀가 서서히 의식을 되찾았다.

"우왕—"

눈을 뜨더니 와락 운도의 목을 안고 매달리며 울음부터 터뜨렸다.

난감한 일이었지만 운도는 묘화를 떼어놓을 수가 없었다. 등을 토닥이며 소녀가 진정되기를 기다릴 뿐이다.

그러나 묘화의 흐느낌은 좀체 그칠 것 같지 않았다.

시간이 갈수록 오히려 더욱 서럽게 울 뿐이다.

“무슨 짓이지?”

서릿발 같이 싸늘한 음성.

“아!”

운도가 깜짝 놀라 돌아본 곳에 두 소년이 서 있었다.

한 명은 운도 또래로 보이는 마르고 날카롭게 생긴 장발의 소년이고, 다른 한 명은 운도보다 몇 살 많아 보이는 거구의 우직하게 생긴 소년이었다.

장발의 소년이 표독스런 눈으로 운도를 노려보는데 시리도록 창백한 얼굴에 한줄기 검상이 볼을 타고 이마에까지 새겨져 있었다.

소년은 손에 나무를 깎아 만든 한 자루의 목검을 쥐고 있었다.

검인(劍刃)의 예리함은 없지만 검봉(劍鋒)의 날카로움은 충분히 멧돼지의 두터운 가죽도 꿰뚫을 만했다. 그러므로 쇠붙이가 없는 이곳에서는 그 자체로 위협적인 무기가 되기에 충분하다.

“무슨 짓을 하려는 거냐고 물었다.”

장발의 소년이 성큼 다가서며 더욱 싸늘하게 물었다.

운도는 지금의 제 상황이 오해를 받을 만하다는 걸 깨달았다.

난감한 처지에 몰렸는데, 비로소 운도의 품에서 떨어져 나온 묘화가 두 소년을 바라보았다.

훌쩍거리더니 다시 우왕, 하고 울음을 터뜨린다.

"그 아이를 뇌주지 못해!"

묘화의 통곡을 들은 장발소년의 눈매가 더욱 표독해졌다. 살기마저 이글거린다.

운도가 팔을 풀자 묘화가 넘어질 듯이 그에게로 달려갔다.

품으로 뛰어들며 더욱 크게 우는 것이 평소에 알고 지내던 사이였던 것 같았다.

"그랬군."

오해해서 미안하다는 얼굴로 장발의 소년이 힐끔 운도를 바라보았다.

이글거리는 숯불에 토끼 한 마리가 먹기 좋게 익어가고 있는 중이었다.

그의 이름은 악검패(岳劍覇)라고 했다.

열일곱 살.

운도와 마찬가지로 한창 기운이 넘쳐 날 그런 나이다.

그러나 이곳, 지옥 속에서 그는 염필도와 표사군의 무리에게 쫓기는 사냥감에 불과했다.

저쪽, 묘화를 뉘어놓고 다독여 잠재우고 있는 거구의 소년도 마찬가지 신세였다.

그는 마풍산(馬風山)이라고 했는데, 열아홉 살이었다.

순박해 보이는 얼굴에 우울한 그늘이 드리워져 있다.

그래서인지 말이 없었고, 어쩌다 한마디씩 하는 말투도 어눌하고 더듬거렸다.

운도도 작은 체격이 아닌데 그보다 머리통 두 개는 더 솟아나 있는 우람한 몸집의 소년이다.

체격 조건만으로 보자면 염필도와 쌍벽을 이룰 것이다.

곰 한 마리가 웅크리고 앉아 있는 것 같이 보일 정도였다.

그들은 묘화와 함께 행동하던 소년들이었다.

묘화의 말을 들어보면 저와 제 오빠를 포함해 모두 일곱 명의 동료들이 있었는데 다 죽고 이제 그들 두 명만 남아 있었다.

그들은 벌써 며칠째 묘화를 찾기 위해서 위험을 무릅쓰고 온 숲을 헤매던 중에 이곳에서 만난 것이다.

"네가 정말 염필도 그 개백정 놈과 싸웠다고?"

벌써 몇 번을 말해주었지만 여전히 믿을 수 없다는 듯 악검패가 다시 물었다.

"다 익었겠다. 이제 먹어도 되는 거 아니냐?"

운도의 관심은 오직 지글거리며 익어가고 있는 토끼 고기에가 있었다.

악검패가 품에서 조악한 돌칼을 꺼내 지글거리는 고깃점을 한 덩이 떼어 운도에게 건네주었다.

"어, 뜨겁다."

운도가 그것을 옷자락에 싸 들고 어쩔 줄 모르는 걸 보더니 피식 웃는다.

그러자 볼을 타고 길게 나 있는 검상이 꿈틀거려서 더욱 강한 인상을 받게 했다.

제 몫으로 한 덩이를 다시 떼어낸 악검패가 나머지 전체를 마풍산에게 던져 주었다.

*   *   *

오늘도 비가 내린다.

마치 우기에라도 접어든 것 같은 날이 벌써 며칠째 계속되고 있었다.

콸콸거리며 검은 물이 무섭게 흘러내리고 있는 풍사곡의 계곡.

한 사람이 그 비에 온몸이 젖은 채 고개를 숙이고 멍하니 서 있었다.

그의 눈은 떠져 있었지만 아무것도 보지 못했고, 그의 귀는 열려 있으나 으르렁거리며 쏟아져 내려가는 무서운 물소리도 듣지 못했다.

온통 정신을 빼앗긴 사람 같았고, 무엇엔가 크게 낙심하여 넋이 나간 것도 같은 사람.

풍사곡주 위진평의 세 제자 중 둘째인 양문창(楊文暢)이었다.

호남무림의 정점이자 백도십천의 천주 중 한 사람이 웅거하고 있는 풍사곡.

그렇기에 그곳은 강호에서 누구나 신성시하는 곳이기도 하면서 절대적인 권위를 자랑하는 성지이기도 했다.

곡주인 검진삼협 위진평의 위명이 이미 천하를 뒤덮은 지 수십 년.

그의 제자들에 대한 명성까지 이제는 강호에 진동을 하고 있었다.

위진평은 단운도와 쾌도왕의 일이 있은 후부터 그의 제자들에게 강호 출입을 허용했다.

그러자 이귀율과 양문창, 곽서언은 곧 온 세상에 알려지게 되었다.

풍사삼협(楓沙三俠).

강호는 그들 위진평의 세 제자에게 그와 같은 호칭을 붙여주어 존경의 뜻을 표했다.

그들이 강호에 나와 활동한 것은 몇 차례 되지 않았지만 주머니 속의 송곳을 감추어둘 수 없는 것처럼 그 뛰어남이 금방 호남무림 구석구석에 알려졌던 것이다.

호남의 기린아들로 꼽히는 위진평의 세 제자들.

그중 둘째 제자인 양문창이 오늘은 크게 낙심한 것처럼 홀로 인적 끊어진 골짜기를 서성이고 있는 중이었다.

"휴―"

그의 한숨 소리가 으르렁거리는 물소리보다 오히려 크고 깊었다.

우르릉, 꽈꽝―

그것에 화답하듯 머리 위에서 번갯불이 번쩍이더니 이내 온 산을 무너뜨릴 듯한 천둥소리가 터져 나왔다.

흠칫 놀란 양문창이 두려운 얼굴로 주위를 두리번거렸다.

양문창은 사형인 이귀율이나 사제인 곽서언과 달리 무공 외에도 그 지혜와 학식으로 더욱 유명해져 있었다.

게다가 서도에도 일가견이 있어서 고금의 필법에 능통했다는 찬사를 받았다.

때문에 어느덧 강호에서 문무공자(文武公子)라는 외호로 불리고 있기도 하다.

그러나 지금의 양문창에게서는 귀품이 배어 있는 의젓한 선비이자 절정의 청년 고수다운 면모를 찾아볼 수 없었다.

무엇엔가 쫓기는 사람처럼 불안하고 초조한 기색이 가득해서 초라해 보였던 것이다.

그가 다시 길게 한숨을 쉬었을 때 문득 숲속에서 냉랭한 음성이 들려왔다.

"너는 대체 무엇이 그리도 근심스럽기에 거듭 한숨만 쉬고 있는 것이냐?"

"아!"

양문창이 흠칫 놀라 어깨를 떨고 뒤를 돌아보았다.

한 사람이 천천히 숲에서 걸어나오고 있었다.

우산으로 얼굴을 가리고 있지만 양문창은 즉시 그를 알아보았다.

사형이자 사부의 대제자인 용천검(龍天劍) 이귀율(李貴律)이
다.
그가 천천히 다가와 양문창에게 우산을 씌워주었다.
양문창은 매우 두려운 듯 몸을 가늘게 떨기만 할 뿐 꼼짝도
하지 못했다.
이귀율이 무심한 얼굴로 으르렁거리는 개울을 바라보기만
했다.
두 사람 사이에 적막한 침묵이 하염없이 계속되었다.
누가 보았다면 사형제가 다정하게 한 우산을 쓰고 이 빗속
의 운치를 즐기는 줄 알 것이다.
그러나 이귀율의 눈 속 깊은 곳에서는 음침한 기운이 일렁
였고, 양문창은 온몸을 굳힌 채 가까스로 두려움을 참고 있는
중이었다.
양문창이 지나친 긴장으로 숨을 쉬는 것마저 어려워졌을 때
이귀율이 비로소 입을 열었다.
낮고 음침한 음성으로 속삭이듯 말한다.
"사제, 너만 동의하면 된다. 막내는 벌써 내 뜻을 따르기로
했지."
"하지만……."
이귀율을 힐끔 바라보는 양문창의 얼굴이 창백해져 있었다.
눈꼬리가 파르르 떨린다.
"사람으로서 어찌 그런 짓을……."
"그래서, 내 뜻을 따르지 않겠다는 것이냐?"

“사형, 저는, 저는……."

“안다. 두렵겠지. 세상의 이목이 무섭겠지. 하지만 과정일 뿐이다. 머지않아 세상은 나의 판단이 옳았다는 걸 인정할 것이다. 그리고 찬양하겠지.”

“……."

“그때는 죄라고 생각했던 그 일들이 더없이 자랑스러워질 것이다. 지금의 모든 괴로움도 영광이 되겠지.”

이귀율의 말은 확신으로 가득 차 있었다. 양문창의 눈이 흔들렸다.

“단운도 그놈이 마교의 무리로 드러났고, 쾌도왕이라는 자를 따라 달아난 지도 벌써 여섯 달이 흘렀다. 지난 육 개월 동안 사부님이 어떻게 변하셨는지 너도 잘 알 것이다.”

“……."

“마교 놈들의 잔당을 뿌리까지 파헤쳐 척살해야 마땅한 일 아니겠느냐?”

양문창이 창백한 얼굴을 끄덕여 동의를 표했다.

이귀율의 얇은 입술에 한 가닥 득의의 미소가 번진다.

그가 더욱 확신이 실린 음성으로 속삭이듯 말했다.

“그런데 사부님은 다시 칩거에 들어가시기라도 한 듯 풍정향거(楓情鄕居)에 틀어박혀 꼼짝도 하지 않으셨다. 너는 그동안 사부가 단 한 번이라도 그 소축 밖으로 나오신 것을 본 적이 있느냐?”

양문창이 고개를 가로저었고, 이귀율의 입가에 떠올라 있던 회심의 미소가 더욱 짙어졌다.

"게다가 한 달 뒤면 백풍산과 하군악, 청향 등은 십천의 다른 후보자들과 공동으로 수련하기 위해 약속한 장소로 떠나야 한다. 당연히 우리 곡에서는 사매인 서향이 동행해야 하지. 그런데 그녀는 지금 어디에 있지?"

양문창이 창백함에 어두움이 더해진 얼굴을 푹 숙이기만 할 뿐 아무 말도 하지 못했다.

"사매는 흑풍객 장하륜을 따라 강호에 나간 뒤로 죽었는지 살았는지 소식 한 자 없다. 게다가 그 흑풍객 장하륜이 마교를 도와 단운도 그놈을 탈출시켰다는 사실을 너도 잘 알 것이다."

"……"

"그게 어떤 의미인지도 너의 영특한 머리로 이미 생각해 보았을 줄 안다. 그렇다면 강호에서 사부님을 뭐라고 하는지도 알겠지?"

겉으로는 평온했지만 호남무림 전체가 술렁거리고 있다는 것을 양문창도 잘 알고 있었다.

흑풍객과 함께 위진평 또한 마교와 관련이 있는 게 아닐까? 하는 의심이 번져 나가고 있는 중이었던 것이다.

그 일이 있은 직후 무림맹에서 단운도 건의 진상을 조사하겠다며 감찰단을 풍사곡에 보낸 것도 그런 이유였다.

감찰단과의 면담을 마친 뒤부터 위진평은 다시 예전으로 돌아가기라도 한 듯이, 마치 이번 일과 자신과는 아무 상관도 없다는 듯이 자신의 거처인 풍정향거에서 꼼짝도 하지 않았다.

그건 이 사건이 어떻게 진행되든 이제는 관여하지 않겠다는 것으로도 보였다.

강호의 뜻있는 자들은 모두 위진평의 그와 같은 처신을 못마땅해하고, 속으로 비난하고 있었다.

그 일 때문에 풍사곡은 침울해져 있었고, 곡 내의 문도들도 사기가 떨어져 기를 펴지 못하고 있었다.

"나에게는 대제자로서 풍사곡의 위엄과 명예를 되찾아야 할 의무가 있다. 또한 마도를 척결하고 강호의 안위를 지켜야 한다는 사명감도 있다. 그건 나뿐만 아니라 강호에 몸담고 있는 자라면 누구나 그럴 것이다."

너도 그렇지 않느냐는 듯 바라본다.

양문창에게 반론의 여지가 있을 리 없었다. 고개를 끄덕여 동의를 표할 뿐이다.

"그렇다면 너도 내 뜻에 따르겠느냐?"

"하아—"

양문창은 더 이상 자기에게 선택의 여지가 없다는 걸 깊이 느꼈다.

만약 거절한다면 이귀율은 자신을 죽여 입을 막을 것이다.

이 빗속에서, 이처럼 외떨어진 골짜기에서 싸늘한 주검이 된다면 몇 달 후에나 앙상한 뼈로 사람들에게 발견될 것이다.

그리고 사람들은 곧 세상에 양문창이라는 존재가 있었다는 것마저 까맣게 잊어버릴 것이다.

거듭 한숨을 쉰 양문창이 파리한 입술을 달싹여 비로소 말을 흘렸다.

"소제는 오직 사형을 믿겠습니다."

"그래야지. 네가 나를 믿지 않으면 누구를 믿겠느냐?"

이귀율이 활짝 웃으며 양문창의 어깨를 두드렸다.

그로부터 열흘이 지났다.

강호에 벼락같은 소문 하나가 떨어졌다.

그건 듣는 사람들을 모두 넋이 나가게 했고, 제 귀를 의심하게 했다.

─풍사곡주. 검진삼협 위진평이 실종되었다.

그건 엄청난 일이 아닐 수 없었다.

아직까지도 단운도와 마교 잔당의 일로 인해 강호가 뒤숭숭해져 있는 이때에 십천의 천주 중 한 명이자 그 일에 깊이 개입되어 있는 위진평이 온다 간다 말 한마디 없이 종적을 감추어 버렸으니 그렇다.

풍사곡 전체가 벌집을 들쑤신 것처럼 되었다.

연일 파발마들이 산지사방으로 달려나가고 달려들어 왔다.

소문은 이내 꼬리에 꼬리를 물고 온 무림으로 퍼져 나갔는데, 그 와중에서 전혀 엉뚱한 것으로 변질되거나 왜곡되기 일쑤였다.

그건 풍사곡주 위진평이 실은 마교와 손을 잡았다는 것이었다가 드디어는 그가 은밀히 절대천마 풍약헌에게 충성 서약을 했다는 것으로까지 걷잡을 수 없이 부풀려지고 번져 나갔다.

왜곡된 악의적인 소문이 오히려 사람들의 호기심을 자극하고 열광하게 하는 법이다.

백도의 성지 중 한 곳이었던 풍사곡이 이제는 지탄과 비난의 대상이 되고 말았다.

풍사곡에서 아무리 해명을 하고 진실을 말해도 이제는 모두가 그걸 자신들의 앞가림을 하기 위한 변명으로만 받아들일 뿐이었다.

어떤 말도 소용이 없었다.

"길은 한 가지뿐입니다."

이귀율의 표정과 말투는 단호했다.

그 앞에 마주 앉아 있는 검은 수염의 근엄한 장년의 사내는 풍사곡의 이인자라고 해도 과언이 아닌 극강의 고수.

언제나 위진평의 그림자가 되어 그를 수행하던 바로 그 사람.

참마혈도(斬魔血刀) 엄문탁(嚴門卓)이다.

위진평의 행방이 묘연해진 지금 풍사곡 내에서는 대제자인 이귀율과 엄문탁이 가장 높은 고수이면서 실세이자 명령권자였다.

그들 두 사람이 호위도 없이 단둘이 마주 앉았다는 건 그 사실만으로도 중대한 일이었다.

풍사곡 전체가 모든 촉각을 곤두세우고 숨을 죽였다.

이귀율의 말에 엄문탁이 그를 똑바로 바라보았다.

탁자를 사이에 두고 두 사람의 시선이 허공에서 치열하게 얽힌다.

한참 뒤에 엄문탁이 낮게 으르렁거리듯 말했다.

"이 공자의 생각을 말씀해 보시게."

"안으로는 곡 내의 일들을 처리하고 밖으로는 곡주님의 행방을 찾아야겠지요. 강호의 흉흉한 소문들을 적극적으로 잠재울 필요가 있습니다."

"그렇지."

"강호에서 엄 총령의 위명은 저를 압도하는 바가 있습니다. 그러니 바깥의 일을 맡아 하는 데에는 엄 총령만 한 적임자가 없을 것입니다."

"……."

"저는 두 사제와 함께 내치를 다지겠습니다. 본 곡의 사정에 저희 사형제보다 밝은 자가 없을 테니 더 이상 풍사곡 안에 불미스런 일이 생기지 않도록 단속하기에는 적임자들인 셈이지요."

엄문탁은 고개를 숙이고 곰곰이 생각해 보았다.

그의 말이 옳다는 결론을 내릴 수밖에 없다.

하지만 마음에 걸리는 게 한 가지 있었다.

"곡주님께서는 십천지주의 후보로 이 공자를 재지목하셨

네. 원래 내세우셨던 위 소저를 폐하셨지."

"그 일을 의심하십니까?"

"곡주님으로부터 직접 들은 게 아니잖은가."

"사부님이 곡을 떠나시며 남기신 서찰을 이미 모두에게 공개했지 않습니까?"

위진평이 모습을 감춘 직후 그의 서재에서 한 통의 서찰이 발견되었던 것이다.

어디로 가는지, 왜 모습을 감추는 건지에 대한 설명은 일언반구도 없었다.

오직 풍사곡을 대표할 십천지주의 후보를 위서향에서 대제자 이귀율로 바꾼다는 한마디만 적혀 있을 뿐이었다.

그것을 발견한 사람은 곡주의 수신호위 중 한 명이었는데, 그 즉시 이귀율과 엄문탁은 물론 곡 내의 중진들이 모두 모인 자리에서 공개되었다.

사람들은 꼼꼼하게 살펴보았고, 그것이 곡주의 친필 서한이라는 걸 모두 인정했다.

그때부터 이귀율은 풍사곡주의 전인으로 공식 인정받게 되었음은 물론, 풍사곡을 대표할 인물로 추대되었다.

한 사람도 반대하는 사람이 없었다.

그건 어떻게 보면 지극히 당연한 일이었다. 누구나 그렇게 생각했다.

십천지주의 후보로서 위서향보다는 대제자인 이귀율이 더 합당하다는 걸 생각하지 않은 사람이 없었던 것이다.

이제라도 곡주가 그렇게 재결정했으니 다행이라고 여겼다.

이귀율이 품에 소중하게 간직하고 있던 곡주의 서찰을 꺼내 엄문탁에게 건네주었다.

그동안 얼마나 읽고 또 읽어보았던지 벌써 종이가 낡아 있었고, 접힌 부분은 글자의 획이 뭉개져 있기도 했다.

그것을 읽을 때마다 눈물을 뚝뚝 떨어뜨렸던지 얼룩이 져서 글자를 흐리게 한 곳도 여러 군데다.

사부를 생각하는 이귀율의 마음이 전해지는 것 같아서 엄문탁은 가슴이 아팠다. 더욱 근엄한 표정이 된다.

하지만 그는 재삼 확인할 필요성을 느끼고 있었다. 무어라고 꼭 집어 말할 수 없지만 어떤 미흡함을 느꼈던 때문이다.

그건 입 밖에 꺼내놓을 수 없는 자신만의 느낌이기도 하고 의문이자 의혹이기도 했다.

하지만 엄문탁이 아무리 들여다보아도 그건 틀림없이 곡주의 필적이라는 확신만 더할 뿐이었다.

아니, 그건 꼭 엄문탁에게만 그런 게 아니었다.

함께 돌려 보았던 중진들 모두가 그랬다.

그들은 천부적으로 무성(武性)을 타고난 무인들이었다.

그 자질이 남다른 바 있었기 때문에 절정고수의 화후에 올랐고, 풍사곡주 위진평의 휘하에서 장로 급의 반열에까지 오를 수 있었던 것이다.

그 말은 그들이 한 사람의 필체라던가 정교하고 우아한 문장을 가려볼 줄 알 만큼 학식과 서도의 조예가 출중하지 못하다는 것이기도 하다.

"으음—"

엄문탁이 깊은 침음성을 흘리고 서찰을 다시 이귀율에게 돌려주었다.

"그럼 이 공자의 말대로 결정하세. 나는 곡주님의 친위대를 거느리고 즉시 강호로 나가 곡주님을 찾는 한편, 엉뚱한 소문을 퍼뜨리는 자들에게 적극적으로 대처하겠네. 그런데……."

"말씀하십시오."

"앞으로 보름 뒤면 이 공자는 본 곡을 대표해서 십천지주의 후보가 모두 모이는 공동 수련장으로 떠나야 하지 않겠는가? 그 뒤에는 누가 본 곡 내의 일들을 도맡아 처리한단 말인가?"

이귀율이 대답할 말을 이미 다 생각해 두었다는 듯 빙그레 웃었다.

"엄 총령께서는 사부님에게 소생 말고도 두 명의 제자가 더 있다는 걸 잊으셨습니까?"

"그럼……."

"둘째 양문창은 문무를 두루 겸비했으며 그 머리가 누구보다 총명하니 곡 내의 일들을 잘 처리할 것입니다."

엄문탁이 말없이 고개를 끄덕여 동의하자 이귀율이 회심의 미소를 짓고 다시 말했다.

"게다가 막내인 곽서언이 보좌해 줄 것 아닙니까? 그들보다 풍사곡을 더 잘 지킬 수 있는 사람은 없을 것입니다."

동의하지만 엄문탁의 얼굴에는 여전히 한 가닥 수심이 깃들어 있었다.

이귀율이 그의 눈치를 보면서 못을 박듯 말했다.

"그들에게 곡을 맡기고 잠시 떠나 있을 테지만 수시로 파발과 전서구를 통해 연락을 주고받을 것입니다. 문제가 생긴다면 그 즉시 대처할 수 있지요."

이미 그렇게 하기로 결정된 듯이 하는 이귀율의 말에는 일리가 있었다.

또한 부정할 수도 없었다.

부정한다면 곡주의 세 제자를 믿지 못한다는 게 되니 그렇다.

엄문탁은 한숨과 함께 고개를 끄덕여 완전히 수긍할 수밖에 없었다.

참마혈도로 불리는 보도 한 자루를 쥐면 강호에서 두려울 자가 없는 엄문탁이었다. 하지만 이처럼 머리를 써야 하는 일에는 제가 문무공자 양문창보다 못하다는 걸 인정하지 않을 수 없다.

엄문탁이 자리를 떠나자 곧 병풍 뒤에서 한 사람이 머뭇거리며 걸어나왔다.

양문창이었다.

이귀율이 서찰을 차곡차곡 접더니 품에 넣기 전에 잠깐 그를 보고 고개를 끄덕이며 씨익, 웃었다.

매우 흡족해하는 얼굴이었지만 그 서찰을 바라보는 양문창의 얼굴에는 말할 수 없는 괴로움이 감추어져 있었다.

이귀율이 양문창의 어깨를 다정하게 두드려 주었다.

“다 들었겠지? 이제 모든 일은 네 손에 달려 있다.”

양문창이 굳은 얼굴로 고개를 끄덕였다.

“사형의 명대로 한 치의 어긋남도 없도록 잘 처신하겠습니다.”

“그래야지. 이 세상에서 영광은 물론 삶과 죽음을 함께 나눌 사람은 우리 사형제뿐이라는 걸 잊지 마라.”

그날 엄문탁은 곡주의 친위대 일백 명을 거느리고 풍사곡을 떠났다.

곡주를 찾기 전에는 돌아오지 않으리라는 것이 그들의 각오였다.

굳은 얼굴로 어금니를 악문 채 앞을 바라볼 뿐, 누구도 뒤돌아보는 사람이 없었다.

그렇게 풍사곡의 최정예들이 모두 곡을 떠난 것이다.

그들의 말발굽 소리가 골짜기를 진동하며 점점 멀어졌고, 풍사곡에는 어딘지 음산한 기운이 무겁게 내려앉았다.

깊은 침묵이 어둠을 불러오는 무렵이었다.

第十章
여섯 달 후

마룡의
후예

—내 인생의 업보를 살아서 받는 것이다.

지나온 삶에 대한 성찰 뒤에는 허탈함이 따르게 마련이다.

모든 게 다 허무해지는 그 지독한 자괴감과 상실감은 누구에게나 견디기 힘든 시련 아니던가.

포기하던가, 더 지독한 심성으로 부활하던가.

둘 중의 하나일 수밖에 없는 그런 절망적인 상황.

누구는 깨끗이 포기하고 모든 미련을 버린 채 스스로 죽음을 맞이한다.

그러나 또 누구는 그 절망의 밑바닥에서 한 가닥 분노의 불씨를 이끌어내고 그것에 증오와 복수의 기름을 부어댄다.

그리하여 절망에 빠지기 전보다 오히려 더 큰 의지로 투쟁할 준비를 하는 것이다.

그것이 아무리 지독한 고통일지라도 참고 인내하는 힘을 가져다준다.

지금 바로 그 힘을 절실히 필요로 하는 한 사람이 있었다.

퀴퀴한 냄새가 진동을 하는 어둠 속이었다.

썩은 물에서 나는 지독한 악취쯤은 참고 견딜 수 있다.

온몸에 달라붙어 스멀스멀 기어다니는 벌레들도 참을 수 있고, 그것들의 무례함을 용서해 줄 수 있다.

쩔그렁—

그러나 이 쇠사슬만은 결코 참을 수 없다.

용서할 수 없다.

쩔그렁—

이 족쇄와 수갑과 그것들을 연결하고 있는 차갑고 낯선 쇠의 감촉만은 참고 견딜 수가 없다.

그래서 노여워하고 분노한다.

쩔그렁—

몸을 움직이고 비틀 때마다 들려오는 이 끔찍한 소리를 증오한다.

때문에 이것이 현실이라는 걸 이제는 더 이상 부정하지 않기로 했다.

한 사람이 제 안의 분노에게 끊임없이 증오의 말을 속삭여

주고 있었다.

그래서 자꾸자꾸 그것의 불길을 활활 피워 올린다.

점점 더 크고 뜨거워져서 제 몸뚱이는 물론 영혼마저 다 태워 버릴지언정 분노와 증오의 불길을 끄고 싶은 마음 따위는 조금도 없었다.

움직일 때마다 쩔그렁거리는 소리와 함께 뼈마디 사이를 송곳으로 쑤셔대는 것 같은 고통이 엄습했다.

악문 이 사이로 절로 신음이 흘러나오고 온몸의 근육들이 푸들푸들 떨어댄다.

그러나 그 지독한 고통보다 더 사내를 괴롭히는 건 두 어깨의 견정혈을 꿰뚫고 있는 쇠꼬챙이였다.

그것에 쇠줄이 연결되어 석벽에 단단히 박혀 있었다.

비파골을 꿰뚫렸으므로 사내는 힘을 쓸 수가 없었다.

온몸을 칭칭 동이고 있는 굵은 쇠사슬에서 벗어날 수가 없다.

"좋다."

사내가 어금니를 악물고 그렇게 자기 자신에게 말했다. 자신의 분노에게 말해주는 것이다.

"그것까지도 용서해 줄 수 있다."

정말 그럴 수 있다고 생각했다. 진심이었다.

지금이라도 제 발아래 꿇어 엎드려 눈물로 이 더러운 바닥을 적셔가며 용서를 구한다면 용서해 줄 수 있다.

한 가닥 연민의 마음이 아직 다 사라지지 않았기 때문이다.

사내가 힘겹게 고개를 숙였다.

자신의 배를 바라본다.

단전.

평생의 수련으로 쌓은 내공이 깃들어 있는 곳.

그곳은 바다보다 넓고 깊으며 태산보다 높고 웅장했다.

기해의 바다이면서 축기의 산악인 것이다.

그것을 담아두고 있는 그 단전에 한 자루의 비수가 깊숙이 박혀 있었다.

그것의 손잡이를 바라보는 사내의 눈이 파르르 떨렸다.

그것은 평생의 내공을 간단하게 파괴해 버린 저주의 비수였다.

사내에게 이제 더 이상 기해의 바다는 없었다.

더 이상 축기의 산악도 간직할 수 없다.

"이것만은 절대로 용서할 수 없다!"

사내가 부드득 이를 갈았다.

나에게 이렇게 한 자가 내 친혈육이라 할지라도 절대로 용서할 수가 없다.

하체만 겨우 가린 사내의 벌거벗은 몸뚱이 위로 썩은 물이 뚝뚝 떨어졌다.

장발이 온통 얼굴을 뒤덮은 채 그 썩은 물방울에 조금씩 젖어가더니 이제는 머리를 감은 것처럼 되어버렸다.

숨을 쉴 때마다 썩은 물이 콧속으로 스며들었다.

지독한 악취와 함께 느껴지는 지독한 갈증.

사내는 혀를 내밀어 코끝에서 떨어지는 썩은 물방울을 받아
냈다.

그리고 머리를 흔들었다.

머리카락 사이로 무시무시한 눈과 함께 그의 창백한 얼굴이
언뜻 드러났다.

검진삼협(劍鎭三俠).

풍사곡주(楓沙谷主) 위진평(魏鎭平).

백도십천의 일인이라는 만인지상의 절대 권좌에 올라 있는
사람.

바로 그였다.

뿌드득―

무섭게 이를 가는 소리가 음산한 석실 안에 더욱 음산하게
울려 퍼졌다.

그르릉―

단단히 닫혀 있던 석문이 요란한 소리를 내며 서서히 열렸
다.

그리고 들어서는 세 사람.

그들을 바라보는 위진평의 눈에서 불길이 확확 뿜어졌다.

늘어진 거친 머리카락 사이로 와르르 쏟아져 나오는 그 증
오의 눈길은 세 사람을 그대로 태워 버릴 것 같았다.

"사부."

대제자.

열흘 전까지만 해도 자신에게 모든 충성을 다 바치고 절대

적인 복종을 하던 자.

그자가 지금은 느물거리는 웃음마저 띤 채 거만하게 버티고 서 있었다.

그리고 언제나 그랬던 것처럼 태연하게 사부라고 부른다.

그게 더욱 가증스럽기만 한 것이어서 위진평은 이를 갈았다.

"편안하십니까?"

명백한 비웃음이다.

위진평이 다시 부드득, 이를 갈았다.

그의 뒤에 서 있는 양문창과 곽서언은 감히 그런 사부를 바라보지 못했다.

고개를 푹 숙인 채 죄지은 사람처럼 어쩔 줄 모르고 서 있지만 위진평은 그 두 제자에 대한 증오를 거둘 마음이 없었다.

자신의 왼쪽 견정혈을 뚫고 쇠꼬챙이를 박아 넣은 자가 바로 양문창이고, 곽서언은 오른쪽 견정혈에 그렇게 했다.

그 일을 똑똑히 기억하고 있는 한 절대로 그들을 용서할 수 없을 것이다.

아니, 그들이 당장 제 앞에서 스스로 목숨을 끊어 속죄한다면 그동안의 정을 생각해서 용서해 줄 수 있을지도 모른다.

하지만.

지금 이렇게 눈앞에 서서 빙글빙글 웃고 있는 이놈.

대제자 이귀율만은 절대로 용서할 수 없다고 다짐했다.

바로 자신의 단전에 비수를 꽂은 놈이기 때문이다.

평생 이루어온 모든 공을 한순간에 다 빼앗아 가버린 놈인 것이다.

그까짓 미약에 자신이 이렇게 당할 수도 있으리라고는 꿈에서도 생각해 본 적이 없는 위진평이었다.

만독불침지신까지는 아니더라도 어지간한 독약쯤은 자신의 막강한 내공으로 어렵지 않게 태워 버릴 수 있었던 것이다.

그러나 이귀율이 쓴 건 아무런 맛도 냄새도 증상도 없는 몽환약이었다.

그게 무엇인지는 모른다.

일생일대의 실수라면 이귀율을 믿었다는 것이리라.

그가 따라주는 차를 아무런 의심 없이 마신 게 죄라면 죄일 것이다.

곧 졸음이 쏟아졌고, 그건 아무리 극강한 내공을 지닌 자라고 해도 참거나 피할 수 없는 것이었다.

그리고 잠에서 깨어났을 때 그는 이런 처지가 되어 있었던 것이다.

"내 평생의 잘못은 바로 네놈을 믿었다는 것이다."

위진평이 스산한 어투로 말했다.

이귀율이 빙긋 웃는다.

"아닙니다, 사부. 사부는 당연히 저를 믿었어야 하지요. 그게 잘못은 아닙니다. 사부의 잘못은 전혀 다른 데에 있어요."

느물거리는 저 얼굴을 짓밟아 뭉개주지 못하는 게 한이다.

"모르시는 것 같군요. 그렇다면 제자가 친절하게 말씀드릴 수밖에요."

"……."

"사부의 잘못은 제 믿음을 저버렸다는 데에 있는 것입니다."

이귀율이 승자로서의 당당함과 거만함으로 말했다.

"사부는 끝까지 저를 믿었어야 했습니다. 그랬더라면 제가 처음부터 풍사곡을 대표하여 십천지주의 후보가 되었을 것이고, 사매인 서향이와 사랑을 나누었을 것입니다. 하지만 사부는 저를 믿지 못했지요."

"으음—"

위진평의 입에서 무겁고 답답한 침음성이 신음처럼 흘러나왔다.

이귀율이 잠시 사이를 두었다가 다시 말했다.

"저는 사부님이 제게 하신 말씀을 똑똑히 기억하고 있습니다. 죽어도 잊을 수가 없지요. 그게 어떤 말인지 아시겠습니까? 당연히 아시겠지요. 사부님이 제 면전에서 제게 하신 말씀이니까요."

"……."

"이런이런, 쯧쯧…… 기억을 못하시는 모양이군요. 그렇다면 그것도 제가 친절하게 말씀드리지 않을 수 없지요."

이귀율이 음침한 미소를 지으며 한동안 제 사부이자 지금은 저의 포로인 위진평을 바라보았다.

"단운도 그 마교의 앞잡이 놈과 저를 비교하셨지요. 제 그릇이 그놈보다 작다고 하셨습니다. 이제 기억이 나십니까?"

보일 듯 말 듯 위진평이 눈살을 찌푸렸다.

그는 확실히 그때의 일을 기억하고 있었다.

그 말을 한 것은 심성을 닦는 일에 더욱 분발하라는 뜻에서였다.

하지만 그 말이 이귀율의 가슴에는 비수가 되어 꽂혔던 것이다.

그러고 보니 그 말을 했을 때 이귀율의 눈빛이 흉흉하게 번쩍였다는 걸 이제야 생각해 냈다. 이를 악물고 치욕감을 참기까지 했지 않았던가.

그때는 대수롭지 않은 일로 넘겼는데 그게 이런 결과가 되어 돌아왔다.

후회가 막심했으나 이미 엎질러진 물이었다.

"이제 생각이 나신 모양이군요. 다행입니다. 그리고 또 한 가지가 있는데 그것도 가르쳐 드려야겠지요?"

"……."

"제가 속이 좁고 편협하다고 하셨습니다. 그래서 십천지주의 후보로 내세울 수 없노라고 말씀하셨지요. 좋습니다. 저는 원래 속 좁고 편협한 놈이라는 걸 인정하지요. 그런데 그렇게 칭찬을 하셨던 그놈. 그릇이 크고 자질이 뛰어나며 속이 깊고 넓은 단운도 그놈은 지금 어디에 있습니까?"

지독한 비웃음.

위진평의 얼굴이 일그러졌다.

“으음—”

“흐흐흐— 사부님 곁에는 속 좁고 편협한 저만 있을 뿐이니 참 안타깝군요.”

참을 수 없는 조롱이지만 위진평은 그것을 묵묵히 받아들일 수밖에 없었다.

아니, 부서지도록 이를 악물고 참는 것이다.

가슴 저 깊은 곳에서 활활 불타오르고 있는 증오와 복수심을 끝까지 감추어야 하기 때문이다.

‘어떻게 하든 살아야 한다.’

위진평은 그게 지금으로서는 최상의 길이라는 걸 절실히 느끼고 있었다.

살아 있어야 복수할 방법도 찾을 수 있게 되지 않겠는가.

이귀율이 음침한 웃음을 흘리며 슬쩍 위진평의 단전에 박혀 있는 비수를 건드렸다.

“후욱!”

위진평이 눈을 부릅떴다.

지독한 고통이 머리끝까지 치솟아올랐던 것이다.

“사부는 서향 사매가 단운도 그 애송이 놈과 어울려 시시덕거리는 걸 묵인하셨지요. 그것도 그놈의 자질이 저보다 뛰어나고 그릇이 저보다 크기 때문이었다면 저로서야 할 말이 없습니다. 하지만.”

“……”

“이를 어쩌면 좋단 말입니까? 제 마음속에 깊이 새겨져 있는 원망과 한은 좀체 사라지지 않으니 말입니다.”

위진평은 눈을 감아버렸다.

눈앞에 있는 이귀율을 바라보는 게 이제는 몸의 고통보다 더 참기 힘들었던 것이다.

“하지만 기뻐하십시오. 제가 풍사곡의 대표로 십천지주의 후보가 되어 공동 수련장으로 갈 테니까요. 어디 그뿐이겠습니까? 반드시 십천지주가 되어 그동안 키워주시고 가르쳐 주신 사부님의 은혜에 보답을 하겠습니다.”

“무엇이?”

위진평이 다시 눈을 부릅떴다.

“네가 간다고?”

“그렇습니다. 서향 사매는 흑풍객을 따라가더니 죽었는지 살았는지 소식도 없군요. 지금쯤은 단운도 그놈과 둘이서 나란히 마교의 소굴로 들어가 행복하게 살고 있을지도 모르지 않습니까? 그러느라고 풍사곡의 일을 까맣게 잊은 거겠지요. 그래서 세상에 이미 공표했습니다. 서향 대신 제가 십천지주의 후보가 되었노라고. 물론 사부님의 이름으로 그렇게 공표했지요.”

“……”

위진평은 눈앞의 이귀율을 노려보기만 할 뿐 한마디도 대꾸하지 않았다.

그 눈에 이글거리는 증오와 원한이 당장 이귀율을 녹여 버릴 것만 같았다.

　이귀율이 이미 풍사곡 전체를 장악했다는 걸 짐작할 수 있었다.

　그가 어떻게 그렇게 했는지는 모르지만 지금으로서는 위서향이 이 교활하고 악독한 놈의 손에 떨어지지 않기를 마음속으로 간절히 바랄 수밖에 없었다.

　"자, 이것으로 작별 인사는 했고……."

　이귀율이 두 사제를 돌아보고 근엄하게 말했다.

　"내가 떠나고 난 뒤에 너희 둘이서 책임지고 사부님을 편히 잘 모셔야 한다. 그렇지 않으면 당장 돌아와서 너희들의 죄를 묻겠다."

　그 말의 의미는 명백했다.

　양문창과 곽서언이 절절매며 고개를 숙였다.

　명분이 사형제 간일 뿐이지 이제는 주인과 종의 관계나 다름없어 보였다.

　이귀율이 히죽 웃고 위진평에게 다시 말했다.

　"내일 저는 백풍산 등과 함께 떠납니다. 그놈들이 저의 경쟁 상대가 되지 못한다는 걸 조만간 아시게 될 것입니다. 그러면 얼마나 가슴 뿌듯하겠습니까? 내가 제자 하나는 정말 잘 키워 놓았다는 자부심을 갖게 되실 테니 말입니다. 그럼 옥체 보중하십시오."

　정중하게 인사까지 하고 돌아서 나간다.

　그의 뒤통수를 노려보는 위진평의 눈에서 피눈물이 뚝뚝 떨어졌다.

풍사곡 안.

세상에서 감쪽같이 감추어진 이 음침한 동굴이 위진평에게
는 지옥이었다.

그는 지옥 속에서 살아나기 위해 이를 박박 갈며 몸부림치
는 또 한 사람이 되었던 것이다.

*   *   *

여섯 달이 지났다.

우기로 접어든 날씨는 거의 매일 쉬지 않고 비를 퍼부어댔
다.

지난 여섯 달이 운도에게는 육십 년을 산 것보다 더 끔찍하
고 징그럽기만 했다.

하지만 달리 생각해 보면 일장춘몽을 꾸고 있는 것 같기도
했다.

정말 그렇기를 바라는 게 유일한 희망이기도 하다.

지금이라도 누가 흔들어서 깨워주기만 하면 이 끔찍한 악몽
에서 깨어날 것 같았다.

제발 그렇게 되어주기를 바라는 간절한 마음을 한순간도 버
려본 적이 없다.

인생이라는 것 자체가 바로 그런 지독한 꿈같은 건 아닐까?
하는 생각마저 하게 되었다.

그건 얼마 전 열여섯 살이 된 소년에게 어울리지 않는 노회

한 생각이었다.

그러나 이 끔찍한 지옥에서의 삶은 바깥세상에서 평생을 살아온 것보다 더 빠르고 무섭게 단운도를 변화시켰다.

놀라운 일이었다.

스스로 그렇게 되려고 노력해서가 아니라 하루하루를 숨가쁘게 살아가다 보니, 아니, 살아남기 위해 몸부림을 치다 보니 절로 그렇게 되었으니 그렇다.

운도는 그래서 지난 육 개월 동안 그 누구보다 지독하고 모진 야차가 되어 있었다.

이곳에 떨어지기 전의 자신을 돌이켜 생각해 보면 스스로도 지금의 제 변화가 믿어지지 않았다.

훌쩍거리는 낮은 흐느낌 소리가 또 들려왔다.

이제는 익숙해질 때도 되었으련만 운도는 그 소리만 들으면 신경이 곤두섰다.

묘화였다.

지난 육 개월 동안 그녀는 틈만 나면 훌쩍이며 낮게 흐느껴 울었다.

'지독하군.'

운도가 쓴 입맛을 다셨다.

애써 듣지 못한 것처럼 외면해도 귀는 자꾸만 그쪽으로 열렸다.

묘화가 흐느껴 울 때면 언제나 그렇다.

그 작은 계집애는 누구보다 지독한 면이 있었다. 그건 집착이라고까지 할 만한 것이었다.

염필도의 손에 의해 죽은 제 오빠를 아직까지도 잊지 못하고 있으니 그렇다.

육 개월이면 부모가 죽었다고 해도 이제는 거의 잊고 일상의 생활로 돌아올 만한 시간인데 묘화는 그렇지 않았다.

운도는 그래서 그 작은 계집애의 가슴속에 대체 얼마나 지독한 한이 들어 있는 걸까? 하고 문득문득 궁금해지곤 했다.

그 한은 아마도 비참하게 죽은 제 오빠를 생각할 때마다 한 치씩 쌓여갔을 것이다.

그렇다면 지금쯤은 이 빌어먹을 지옥에서 가장 높이 솟아 있는 검봉보다 높으리라.

처음에는 묘화의 그런 한이 안쓰러웠고, 그래서 그녀가 흐느껴 올 때마다 미음이 이팠다.

그러나 지금은 아니었다.

"귀신같은 년. 지독한 년."

운도가 벌떡 일어섰다.

동굴 입구로 뚜벅뚜벅 걸어나가 퍼붓듯 쏟아지고 있는 빗줄기를 바라보며 부드득 이를 간다.

누구에게라기보다 자기 자신에 대한 분노가 솟구쳐 참기 힘들었다.

이제는 이곳으로 저를 유인해 온 자들이 죽이고 싶도록 미워졌다.

그 속에 쾌도왕이 있고 상왕 황준보가 있었다. 저를 이곳에 밀어 떨어뜨린 깡마른 노인, 추노도 빼놓을 수 없다.

그 노인이 이곳을 관장하고 있다니 어디에서인가 자신을 훔쳐보고 있는 건지도 모른다.

운도가 허공에 불끈 주먹을 들어 올렸다. 주먹떡을 먹인다.

그래도 마음이 시원해지지 않는 건 자꾸만 들려오는 저 흐느낌 때문이다.

"누가 좀 달래봐!"

그럴 수 있는 사람이 딱 한 명밖에 없지 않은가.

마풍산 말고는 저렇게 흐느껴 우는 묘화를 진정시킬 사람이 없는 것이다.

그러나 마풍산은 아직 돌아오지 않았다.

이 빗속에서 멧돼지를 잡아오겠다고 나간 놈이니 온전한 정신을 가진 놈이 아닌 게 분명하다.

마풍산은 미련스러웠다. 머리가 좀 모자란 게 틀림없다.

운도가 짜증스런 얼굴로 뒤돌아보았다.

거기 악검패가 있었다.

피에 절어 번들거리는 목검을 소중하게 끌어안고 코를 골고 있다.

"미친놈."

묘화의 신경을 긁어대는 흐느낌 속에서도 저렇게 잠을 잘 수 있다니 저놈 또한 미친 게 틀림없다고 생각했다.

그리고 저도 미쳤다고 생각한다.

아니, 이곳에 떨어진 자들 모두가 미쳤다. 제정신을 가지고 사는 놈이 한 놈도 없다.

운도가 제 손을 내려다보았다.

지난 육 개월 동안 이 손으로 때려죽인 소년이 모두 열두 명이나 되었다.

처음 몽둥이로 머리통을 내려쳐 깨뜨릴 때의 그 징그러운 느낌을 잊을 수가 없다.

누구였던지 지금은 얼굴도 생각나지 않았다.

덩치 큰 놈이었다고만 기억할 뿐이다.

그놈의 머리통을 사정없이 내려쳐 버렸다.

뇌수가 흩어지고, 붉은 피가 허공에 뿌려지는 걸 기억한다.

최초의 그 살인은 비록 내가 살기 위해 어쩔 수 없었던 일이라고 해도 운도에게 평생 잊을 수 없는 충격이었다.

그다음부터는 갈수록 충격을 덜 받았다.

그리고 이제는 무감정해진 얼굴로 덤덤하게 몽둥이를 휘둘리 머리통을 으깨놓거나 등줄기를 부수어놓을 수 있게 되었다.

짐승.

아니, 야차.

운도는 그렇게 변한 제 자신이 때로는 자랑스럽기도 했다.

양심이라는 것이 지난 육 개월 동안 완전히 말라 버렸고, 인성이라는 것도 그렇게 되어버린 건지 모른다.

그러므로 훨씬 더 이곳에 어울리는 자로 변했고, 그건 곧 살아 나갈 확률이 그만큼 더 많아졌다는 것이다.

후회는……

철벅, 철벅.

빗물을 밟으며 다가오고 있는 누군가의 저 발소리 때문에 할 새가 없었다.

늘 그랬다.

이 빌어먹을 곳은 운도에게 후회할 틈을 주지 않았다.

그럴 새가 없을 만큼 정신없이 돌아갔던 것이다.

비정상적이다.

잠깐 사이에 운도는 숲속에서 들려오고 있는 그 발소리가 비정상적인 것임을 알아챘다.

그것의 임자가 부상을 입은 게 틀림없었다. 그것도 제 몸을 가까스로 가눌 만큼 큰 부상일 것이다.

'마풍산!'

그 짧은 이름을 떠올리는 시간도 길다.

획─

운도가 즉시 땅을 박차고 달려나갔다.

쏜살보다 더 빠르다.

와사삭거리며 얼굴과 온몸을 할퀴어대는 나뭇가지쯤은 무시한다.

긁힌 상처쯤이야 아무리 큰 것이라도 상관없다.

산다는 것보다 중요한 건 이 세상에 아무것도 없지 않던가.

그 삶을 유지하기 위해서 마풍산은 악검패와 함께 더없이 필요한 존재였다.

그들이 운도를 필요로 하는 만큼 말이다.

그 마풍산이 부상을 입은 채 힘겹게 돌아오고 있다.

어쩌면 뒤따르고 있는 자들도 있을지 모른다.

마풍산이 그자들의 손에 넘어가기 전에 구해주어야 한다.

운도의 머릿속에는 오직 그 생각 하나뿐이었다.

그리고 숲 한복판에서 그와 마주쳤다.

역시 마풍산이었다.

그 큰 몸뚱이가 온통 핏물에 젖어 있었다.

폭포처럼 쏟아지는 빗줄기도 그것을 다 지우지 못했다.

씻겨 내려가기 무섭게 스며 나오는 핏줄기.

"저, 저놈……."

운도가 입을 딱 벌리고 우뚝 멈추어 섰다.

미리통이 깨져 피를 철철 흘러대면서 마풍산이 씩 웃었던 것이다.

온몸이 난자당한 것처럼 쩍쩍 벌어져 시뻘건 피가 쉬지 않고 흘러내리고 있었다.

그런 꼴을 해가지고서도 한 손으로는 덩굴로 칭칭 묶은 커다란 멧돼지 한 마리를 끌고 있었다.

비틀거리고, 철벅거리면서 한 걸음 한 걸음 다가온다.

그가 지나온 길은 빗물에 퍼져 묽게 변한 피가 개울이 되어 흘렀고, 끌고 온 멧돼지의 자국이 골짜기처럼 패었다.

"내가 잡았다."

쿵!

겨우 그 한마디를 하고 운도의 발아래 무너지듯 쓰러졌다.

다시는 꼼짝하지 않는다.

그런 마풍산을 돌보기보다 운도는 먼저 사방을 살펴보았다. 귀를 기울이고 기척을 탐지한다.

그런 다음에 비로소 마풍산을 들쳐 업었다.

제 몸의 두 배는 나가는 거구를 가뿐하게 들어 올리더니 다시 쏜살같이 숲을 벗어나기 시작했다.

혼자 몸으로 달려올 때나 다름없이 쾌속한 속도였다.

그건 누가 보아도 사람의 힘이 아니라고 할 만큼 굉장한 것이었으나 운도는 그런 걸 의식하지 않았다.

어질러 놓은 것처럼 난잡하게 여기저기 솟아나 있는 바위들을 맴돌아 동굴로 돌아온 운도가 마풍산을 내려놓았다.

헐떡거리는 숨소리가 성난 황소의 그것 같다.

그때까지도 묘화는 어둡고 눅눅한 저쪽 구석에서 훌쩍거리고 있었다.

악검패가 비로소 눈을 뜨고 운도를 보고 마풍산을 보았다.

"뒈졌어? 그럼 뭐 하러 힘들게 끌고 와?"

늘어지게 기지개를 켜며 던지는 말이 운도의 기분을 상하게 했다.

하지만 운도가 아무런 핀잔도 주지 않고 마풍산의 상처를 살펴보는 건 악검패의 속마음을 잘 알기 때문이었다.

겉으로는 냉정 무심하기 짝이 없는 잔인한 놈 같지만 그 속은 의리와 정이 강물처럼 헤프게 흘러가는 놈.

그게 악검패였던 것이다.

"죽는 거야? 아니, 죽었어?"

어느새 흐느낌을 그치고 곁에 바싹 다가온 묘화가 눈을 반짝이며 물었다.

끔찍한 몰골의 마풍산을 보면서 놀라고 무서워하기는커녕 오히려 활력을 되찾은 것 같았다.

운도는 그런 묘화에 대해 조금도 놀라지 않았다.

그게 그녀의 변화라는 것을 지난 육 개월 동안 이미 잘 알게 되었던 것이다.

오빠의 죽음을 생각하면서 언제나 슬퍼하지만 다른 사람의 죽음을 대하면 묘한 충동과 적개심마저 느끼는 것이다.

그것이 비록 그동안 저를 친오빠 이상으로 잘 돌보아준 마풍신일지라도 에외는 아니었다.

그건 그녀가 가지고 있는 지독한 증오의 또 다른 모습이 틀림없었다.

묘화는 어느덧 누구에게도 정을 주지 않는 차가운 심성의 나찰녀가 되어가고 있었던 것이다.

운도는 물론 악검패 역시 이런 상처를 치료할 방법을 모른다.

그저 스스로 살아나거나 죽기를 기다리고 있을 수밖에 없다.

털썩.

운도가 습기 가득한 동굴 벽에 등을 붙이고 주저앉았다.

마풍산은 죽지 않을 것이라는 한 가닥 믿음이 있었다.

상처가 지독하지만 이 정도로 죽을 만큼 약한 놈이 아니라는 걸 잘 아는 까닭이다.

그건 마풍산뿐 아니라 이곳에 있는 자들 모두가 그랬다.

끈질기고 악착같은 생명력을 지니게 된 것이다.

어지간한 부상은 스스로의 의지로 회복했다. 확실히 숨통을 끊어놓기 전에는 좀체 죽지 않는 지독한 자들로 변해 있었던 것이다.

살기 위한 집념이 극대화되는 동안 저절로 그렇게 된 일이다.

이 빌어먹을 지옥이 선물해 준 지겨운 생명력일 것이다.

그중에서도 마풍산은 특이할 만큼 생명력이 강했다. 그게 차이라면 차이다.

묘화는 마풍산 곁에 쪼그리고 앉아 꼼짝하지 않고 그를 바라보기만 했다.

흘러내려 빗물과 함께 바닥을 적시고 있는 피를 보고 그것의 비릿한 냄새를 맡는 동안 눈빛이 변하고 있었다.

슬픔과 원망으로 가득하던 그 커다란 눈에서 광기가 번들거리기 시작한 것이다.

저를 다독여 주고 위로해 주고 업어주던 마풍산이건만 지금 그는 단지 죽음에 대한 호기심과 충동을 느끼게 해주는 어떤 물건에 지나지 않았다.

신기하고 재미난 것을 보듯이 묘화는 마풍산을 들여다보고 있다.

그런 묘화를 물끄러미 바라보면서 운도는 육 개월 전 처음 보았을 때의 그 겁 많고 심약하던 어린 소녀의 모습을 떠올리고 씁쓸해졌다.

'다 변했다, 나도 묘화도. 날이 갈수록 악귀들이 되어가고 있는 거야. 언젠가는 미쳐서 제 살마저 뜯어먹을지도 모르지.'

이 지옥이 모두를 그렇게 만들어갈 것이다.

그리고 그건 이곳으로 저를 떨어뜨린 자들이 바라는 것인지도 모른다.

운도는 그런 생각들을 억지로 밀어내며 눈을 질끈 감았다.

잠이라도 자려는 것처럼 보이던 운도가 긴장한 것과 악검패가 번쩍 눈을 뜬 것이 동시였다.

마풍산을 구경하고 있던 묘화도 고개를 든다.

"왔지?"

그녀가 헐떡이는 것 같이 물었다.

긴장과 흥분으로 몸을 부르르 떤다.

쾌락의 정점을 맞이한 것 같은 얼굴이어서 운도가 낯을 찌푸렸다.

"그놈들이야."

목검을 쥐고 벌떡 일어서는 악검패를 보면서 운도가 낮게 투덜거렸다.

"제기랄. 정말 이 빌어먹을 곳이 싫어."

　　아무렇게나 바닥에 던져 놓았던 몽둥이를 들고 굼뜨게 일어섰다.

　　하기 싫은 일을 억지로 떠맡은 것처럼 마뜩잖아 하면서도 동굴 입구를 막아선다.

　　그리고 저 아래, 온통 비에 젖어 축 늘어져 있는 숲이 흔들리는 걸 말없이 바라보았다.

第十一章
나는 살아야 한다

마룡의 후예

그들이 왔다.

미풍산의 흔적을 쫓아왔을 것이다.

그래서 기어이 이 은밀한 피난처를 찾아낸 것이다.

저 어두운 숲과 이 폭우가 빚어낸 악령들인 것처럼 불쑥불쑥 빠져나오는 시커먼 자들.

그들은 사람이 아니다.

그리고 저도 그렇다.

"으음—"

운도 곁에 다가와 선 악검패가 흥분을 참지 못하고 으르렁거리듯 신음했다.

운도 또한 제 심장의 쿵쾅거리는 소리를 들었다.

귀를 먹먹하게 하며 울려대는 그 소리에 정신이 혼미해질 지경이다.

그만큼 지독하게 온몸을 휘어잡는 이 흥분.

운도가 혀를 내밀어 얼굴을 타고 흐르는 빗물을 핥았다.

조금은 마음이 진정된다.

"역시 여기 숨어 있었군."

숲의 악령들 중 하나가 음침하게 말했다.

언제나 얼음처럼 싸늘한 눈을 번쩍이는 자. 저 짐승들의 우두머리.

그리고 지독하고 집요하게 내 목숨을 노리며 쫓아다니고 있는 자.

표사군이었다.

더벅머리가 이제는 장발이 되어 있었는데, 뒤로 넘겨 칡넝쿨로 질끈 동였다. 그래서 차갑고 음침한 얼굴이 고스란히 드러나 있었다.

줄줄 흘러내리고 있는 빗물 탓인지 시체처럼 창백해 보이는 얼굴이다.

표사군이 히죽 웃었다.

그의 흰 이가 드러나는 걸 보며 운도는 징그러움에 등줄기가 섬뜩해졌다.

이제 운도는 물론 표사군도 서로에 대하여 너무 잘 알고 있었다.

이 지옥 속에서 유일한 적수는 바로 자기들 두 사람뿐이라는 것을.

결국 둘 중 한 명이 살아서 이곳을 나가게 될 것임을.

표사군과 함께 지옥을 관장하고 있던 염필도는 점점 몰락해 가고 있는 중이었다.

그리고 운도는 새로운 야차왕으로 떠오르고 있었다.

표사군은 이제 염필도보다 그런 운도에게 더 빠져 있었다.

그를 죽이는 것만이 제가 맛볼 수 있는 가장 큰 희열이라고 여기는 게 틀림없다.

"저놈을 죽여! 갈가리 찢어 죽여!"

묘화가 악을 썼다.

작은 두 주먹을 움켜쥐고 덜덜 떤다.

표사군을 노려보는 그녀의 눈이 광기로 번들거렸다.

붉은 혀를 내밀어 도톰한 입술을 맛있게 핥는 건 주체할 수 없는 희열 때문일 것이다.

표사군의 머리통을 깨뜨리고 그 뇌수라도 핥아먹는 상상을 하는 건지도 모른다.

그리고 그게 지옥 속의 작은 나찰녀로 변해 버린 묘화의 쾌감을 지독하게 자극하고 있는 게 틀림없었다.

"아니."

운도가 거칠어지는 숨결을 가까스로 억누르며 신음하듯 낮게 말했다.

어금니를 악물고 더욱 낮게 말한다.

"달아나야 한다."

"싫어!"

묘화가 악을 쓰며 와락 달려들더니 운도의 팔뚝을 꼬집었다.

손톱이 살 속으로 파고들어 피가 났지만 운도는 꿈쩍도 하지 않았다.

묘화가 다시 악을 썼다.

"저놈을 죽여! 제발 그렇게 해줘!"

짝!

그런 묘화의 뺨에 운도의 손바닥이 사정없이 달라붙었다.

그녀가 비틀거리더니 엉덩방아를 찧고 주저앉았다.

비로소 정신이 돌아온 듯 멍한 얼굴로 운도를 바라보았다.

운도는 달아나야 한다고 판단했다.

묘화와 부상으로 꼼짝하지 못하는 마풍산까지 데리고 있지 않은가.

악검패가 히죽 웃었다.

"저 알 수 없는 년은 내가 맡지."

너는 길을 뚫으라는 말을 알아듣지 못할 운도가 아니다.

아직도 의식을 찾지 못하고 있는 마풍산은 버려도 좋다는 말이기도 하다.

악검패가 묘화를 일으켰다.

그리고 이번에는 그가 손을 뿌리치는 그녀의 작은 뺨을 사정없이 후려쳤다.

"그러지 마라. 불쌍한 애잖아."

불쑥 들려오는 음성.

마풍산이었다.

그가 끙, 하고 몸을 일으켜 앉았다.

커다란 곰 한 마리가 잠에서 깨어난 것 같다.

곧 죽을 것 같던 자가 불과 한 시진도 채 되지 않아서 스스로 일어나 앉을 수 있을 만큼 회복되었으니 놀라운 일이었다.

그러나 그의 그와 같은 놀라운 회복력과 체력은 운도와 악검패의 관심 밖이었다.

지금은 오직 온통 비를 맞으며 저 앞에 버티고 서서 눈부시게 빛나는 살기를 화살처럼 쏘아대고 있는 표사군에게 집중해야 할 때다.

마풍산이 여기저기 쩍쩍 벌어지고 깨진 상처를 고스란히 드러낸 채 다가와 묘화에게 등을 댔다.

묘화가 냉큼 그의 등에 달라붙어 목을 꽉 끌어안는다.

다시 끄응, 하고 일어선 마풍산이 악검패를 흘겨보았다.

"묘화는 내가 맡는다. 다시는 때리지 마. 안 그러면 내가 너를 때려줄 테다."

운도가 그녀의 뺨을 때리는 것도 보았을 것이다. 하지만 운도에게는 그저 히죽 웃어 보였을 뿐 아무 말도 하지 않았다.

"가자, 내 멧돼지를 찾아야지."

당연히 앞길은 너희들이 뚫으라는 듯이 쿵쿵거리며 동굴 밖으로 나간다.

"빌어먹을 놈."

악검패가 그런 마풍산을 매섭게 노려보고 나서 왼쪽으로 달려나갔다.

운도는 서너 호흡 늦게 동굴을 버렸다. 오른쪽이다.

꽝!

제일 먼저 운도의 몽둥이를 받아넘긴 자는 말상의 청년이었다.

처음 그들과 만났을 때 운도를 잡았고, 죽이지 못해 안달을 했던 놈이다.

운도는 이제 그놈의 이름이 장가기라는 것을 안다.

표사군의 무리에서 이인자라는 것도 안다.

표사군 못지않게 무심했고, 잔인한 면은 오히려 그보다 한 수 위라는 것도 잘 알고 있었다.

벌써 다섯 차례나 싸워보았던 것이다.

매번 승부를 내지 못했으나 이번에는 그렇지 않을 것이다.

운도가 반드시 이놈을 죽이고 말겠다고 결심한 것은 벌써 오래전의 일이다.

"개자식아!"

꽝!

휘둘러 치는 운도의 몽둥이에는 바위라도 깨뜨려 버리고 말 것 같은 힘이 실려 있었다.

말상의 청년, 장가기가 역시 몽둥이를 휘둘러 그것을 받아넘기며 주춤 한 걸음 물러섰다.

꽝!

운도의 넘쳐 나는 힘은 이곳에서의 날이 계속될수록 더욱 커져서 모두를 놀라게 했다.

말상의 청년이 이를 악물고 팔뚝과 어깨의 고통을 참으며 다시 한 걸음 물러섰다.

처음 운도를 잡았을 때는 시시한 놈으로 보이지 않았던가.

하지만 지난 육 개월 동안 그와 다섯 차례 싸우면서 매번 놀랐고, 이제는 제가 밀린다는 걸 인정하지 않을 수 없었다.

저쪽에서는 악검패가 나머지 무리를 상대로 맹렬하게 목검을 휘두르고 있는 중이었다.

그의 검이 쉭쉭거리는 바람 소리를 내며 뻗어나가는 곳마다 매서운 살기가 폭풍처럼 몰아쳤다.

가늘고 가벼운 목검이기에 그 빠름이 단연 상대를 압도했다. 게다가 초식의 정교함이 그물처럼 촘촘하게 사방을 덮어 가니 더욱 상대하기 어렵다.

돌도끼를 휘두르며 씩씩거리고 달려들던 자가 기어이 악검패의 날렵한 목검에 목을 깊이 찔리고 말았다.

"으악!"

한소리 처절한 비명성과 함께 목에서 콸콸 피를 쏟아내며 쓰러진다.

악검패는 눈부시게 움직이고 있었다. 그의 호리호리한 몸이 센 바람을 맞은 버들가지처럼 이리저리 흔들린다.

신법이 경쾌하고 빠른데다가 검법이 쾌속무비해서 마치 돌개바람 한줄기가 휩쓸어가는 것 같았다.

표사군의 무리들이 그를 잡기 위해 목창이며 몽둥이며 돌도 끼들을 마구 휘두르지만 좀체 표흘한 악검패의 신법을 따라잡지 못하고 있었다.

"쯧쯧, 한심한 것들 같으니."

운도와 말상청년 장가기의 싸움을 지켜보고, 악검패의 좌충우돌하는 용맹을 지켜보던 표사군이 못마땅하다는 듯 혀를 찼다.

꽝!

운도의 몽둥이에서 다시 굉음이 터져 나왔다.

장가기는 부러져 버린 제 몽둥이를 내던진 채 정신없이 쿵쿵거리며 물러나고 있는 중이었다.

승자는 살고 패자는 죽는다.

그것이 이 지옥의 유일한 법칙임을 모르는 자는 없다.

재빨리 달려든 운도가 한 발을 번쩍 들어 장가기의 가슴을 찍듯이 걷어찼다.

장가기가 답답한 신음을 흘리며 비틀거린다.

쾅!

그 머리통에 사정없이 떨어지는 몽둥이.

표사군이 눈을 부릅떴다.

장가기가 박살 나버린 제 머리통을 건들거리며 무너지는 걸 본 것이다.

"이놈!"

그가 더 참지 못하고 노성을 터뜨리며 운도를 향해 맹렬하
게 부딪쳐 왔다.

쉬잉—

회초리 같은 나뭇가지가 바람을 가르고 떨어진다.

표사군의 무기는 길고 가느다란 나뭇가지였다.

힘껏 휘두르면 바람의 저항을 이기지 못하고 낭창거리며 휘
어진다.

그것을 채찍처럼 휘둘렀는데, 맞으면 살갗이 쩍쩍 갈라지고
때로는 허연 뼈가 드러나 보일 정도로 깊이 파이기도 했다.

가볍고 정교하며 예리한 무기였던 것이다.

이곳에 있는 자들은 대부분 자신의 힘과 저돌성을 유일한
수단으로 삼아 싸우는 자들이었다.

무공의 초식을 구사할 줄 아는 자라고 할지라도 그것이 깊
은 경지에 이르지 못한 이상 오히려 싸움에 방해가 될 뿐이었
으므로 아예 사용하지 않았다.

당연히 힘이 좋고 용맹한 자가 이길 확률이 높은 것이다.

그런 자들 중에서 단연 뛰어난 자가 바로 귀왕폭을 근거지
로 삼고 있는 염필도였다.

그러나 표사군은 정교한 초식을 장기로 삼아서 높은 수준의
싸움을 할 줄 아는 자였다.

이곳에 오기 전에도 그의 무공 수준은 대단했을 게 틀림없
다.

그리고 이곳에 와서 거기에 실전의 경험과 잔혹함마저 더해져 더욱 무서운 자가 되었다.

그런 자들 중에 악검패도 속할 것이다.

그러나 그는 아직 깊고 세밀하지 못했다.

단운도는 달랐다.

힘이 남다를 뿐 아니라 그의 몽둥이질과 운신 속에는 어떤 묘한 기운이 깃들어 있었다.

그는 처음 염필도와 싸울 때를 빼고는 아직 한 번도 자신의 무공을 제대로 펼쳐 보이지 않고 있었다.

표사군의 무리와 맞서 싸울 때는 더욱 감추었다.. 표사군은 드러내고 저는 감출수록 승리의 기회가 저에게 찾아오리라는 걸 믿었기 때문이다.

그래서 운도는 오직 힘과 타고난 민첩성과 과감한 용기와 투지로 표사군과 그의 부하들을 상대했고, 지금도 그랬다.

하지만 그의 움직임에는 높은 수준의 무공 원리가 깃들어 있었다.

이미 무공의 기틀을 단단히 다졌고, 몇 가지 절기가 몸에 배었으니 의식하지 않아도 저절로 그렇게 될 수밖에 없는 일이다.

그리고 이곳에서 표사군은 그것을 제대로 알아보는 유일한 사람이었다.

때문에 그는 언제나 운도를 저의 가장 큰 적으로 생각했고, 누구보다 먼저 운도를 죽이기 위해 집요하게 쫓아왔다.

그자가 과거 어디에서 무엇을 하던 자인지는 중요하지 않다.

누구에게서 어떤 무공을 배웠는지도 중요하지 않다.

죽여야 한다는 것.

지금 이곳에서 그것보다 중요한 건 없다.

그것이야말로 내가 살아야 한다는 것과 같은 말이고 의미이기 때문이다.

휘익—

표사군의 회초리가 이리저리 휘어지며 떨어졌다.

그것의 위험함을 충분히 알고 있는 운도는 함부로 운신할 수 없었다.

그것이 쳐들어오고 감아오는 방향을 미리 짐작하고 대처하지 않으면 언제 낭패를 당할지 모른다.

표사군의 번쩍이는 눈은 운도의 움직임에 달라붙어 있었다.

그의 솜털 하나까지도 셀 것처럼 집요하게 파고든다.

운도가 이를 악물었다.

말상의 그 혐오스럽던 놈의 머리통을 깨뜨려 죽여 버렸듯이 오늘은 반드시 표사군, 이 징그러운 놈도 그렇게 하고야 말리라고 단단히 결심한 것 같다.

부웅—

그가 휘두르는 몽둥이에서 장가기를 상대할 때보다 한층 무거워진 바람 소리가 났다.

그것이 맹렬하게 떨어진다.

철썩!

표사군의 회초리가 그것을 때리고 물러났다.

운도가 미끄러지듯 따라붙으며 거푸 몽둥이를 휘둘렀다.

어떤 법칙도 없었다.

무작정 힘을 믿고 무모하게 쳐들어오는 것 같다.

그러나 표사군은 그 안에 있는 위험을 충분히 자각하고 있었다.

재빨리 옆으로 돈다.

위잉—

몽둥이가 아슬아슬하게 그의 어깨를 스치고 지나갔다.

'이놈이?'

표사군이 아주 잠깐 놀랐다는 표정을 지어 보였다. 그리고 히죽 웃는다.

서로 엇갈려 지나가는 그 짧은 동안에 그의 표정과 웃음은 운도에게 낱낱이 전해졌다.

그건 여유이고 넘치는 자신감이었다.

'이놈은 즐기고 있다!'

운도가 더욱 이를 악물었다.

자신은 온 힘을 다해 싸우고 있는데, 표사군은 저를 희롱하며 즐기고 있다는 걸 느낀 것이다.

자존심이 상하고 그것보다 더 큰 노여움이 불처럼 일어났다.

"개놈!"

버럭 소리친 운도가 와락 몸을 앞으로 내밀었다.

그 탄력을 싣고 몽둥이가 떨어졌다.

"헛!"

표사군이 처음으로 놀란 얼굴을 했다.

저도 모르게 운도는 몽둥이에 쾌도왕의 비결을 담고 있었다.

그것을 처음 상대해 보는 표사군이 놀라고 당황하지 않을 수 없다.

어지럽게 몸을 흔들며 물러서지만 운도의 몽둥이를 피할 수 없었다.

"웃!"

표사군이 당황한 얼굴로 돌아서며 한쪽 어깨를 불쑥 내밀었다.

온몸의 힘을 그곳에 집중하자 근육이 돌처럼 단단하게 굳는다.

쾅!

그 위에 운도의 몽둥이가 떨어졌다.

"크흐—"

표사군이 악문 어금니 사이로 이 시린 신음성을 흘리며 쿵쿵거리고 물러섰다.

그것이 몽둥이가 아니라 칼이었다면 한쪽 팔을 잃어버리고 말았을 것이다.

온몸에 전해진 엄청난 충격 때문에 표사군은 한동안 운신할 수가 없었다.

"뭐 하고 있어? 언제까지 그놈과 노닥거릴 거냐?"

저쪽에서 악검패의 다급한 외침이 들려왔다.

그래서 운도는 표사군의 머리통을 후려치지 못했다. 쫓아 들어가는 걸 포기하고 재빨리 몸을 날린다.

악검패는 최악의 상황을 맞이하고 있었다.

이미 두 명을 찔러 죽였지만 그러기 위해서 쓴 힘이 이제는 그를 물 먹은 솜처럼 만들었던 것이다.

거기에 묘화를 업고 있는 마풍산까지 돌보아야 하니 몇 배나 더 힘이 소모된다.

그로서는 이제 버틸 수가 없었다. 한계에 이르렀다.

악검패를 둘러싸고 공격하는 자들은 모두 세 명이었는데 이를 박박 갈아대며 흉흉하게 달려들고 있었다.

"끼야아—"

운도의 입에서 괴성이 터져 나왔다.

쾅!

벼락처럼 떨어지는 몽둥이가 막 돌도끼를 휘둘러 악검패의 등을 찍으려는 놈의 머리통을 박살 내버렸다.

뇌수와 선혈이 허공에 확 뿌려지고 비릿한 냄새가 코를 찔렀다. 머리가 어지러워진다.

갑작스런 운도의 등장에 남은 두 놈이 악검패를 버리고 좌우로 갈라졌다.

"가자!"

운도가 그 틈을 맹렬하게 뚫고 달려갔고, 그 뒤를 악검패와 마풍산이 비틀거리면서도 정신없이 쫓았다.

그들이 숲속으로 뛰어드는 걸 지켜보던 표사군이 아직도 얼얼한 어깨를 주무르며 이를 갈았다.

눈빛이 그 어느 때보다 흉악해져 있었다.

"놈. 언제까지 나를 피해 달아날 수 있는지 보자."

운도에 대한 적의가 더욱 맹렬하게 솟구쳐 참을 수 없을 지경이었다.

숲으로 뛰어든 운도는 또 한차례 험난한 지경을 당해야 했다.

눈을 뜨기 힘들 정도로 퍼부어대는 빗속에서 십여 명의 매복자들이 일제히 소리치며 날려들었던 깃이다.

표사군은 그동안 더 많은 자들을 끌어들여 수하로 삼았던 모양이다.

아직 곳곳에 숨죽이고 숨어 있던 자들이 그를 선택했으리라.

그를 따르는 한 당분간은 목숨을 걱정할 필요가 없을 테니 당연한 일이다.

운도는 이제 이 지옥의 무리가 확실하게 두 패로 갈라졌는 걸 짐작했다.

염필도에게 몸을 맡긴 자들과 표사군에게 붙은 자들이다.

그리고 저와 악검패 등은 그들 속에서 이방인이었다.

모두의 표적이 되고 사냥감이 될 수밖에 없는 처지였지만 운도는 어디에도 붙고 싶지 않았다.

그가 홀로 십여 명의 적을 맞아 성난 멧돼지처럼 이리저리 날뛰었지만 여의치 않았다.

하나같이 장창을 들고 멀리서 그것을 불쑥불쑥 찔러 넣는 자들을 일일이 상대하기에는 무리였다.

이를 악무는데 숲 밖에서 삐익! 하는 날카로운 휘파람 소리가 들려왔다.

그 소리를 들은 자들이 주춤거리더니 일제히 물러선다.

운도는 표사군이 저를 놓아준다는 걸 알았다.

다음 사냥의 재미를 만끽하려는 것이다.

아니, 제 손으로 죽이고 싶은 것이리라.

오늘은 사냥감에게 의외의 일격을 당해 물렸지만 다음 사냥의 재미를 위해서 참아주겠다는 것 아닌가.

다음에 만났을 때는 반드시 제 손으로 머리통을 깨뜨리는 기쁨을 누리고 말겠다는 것 아닌가.

"으음—"

지독한 모멸감에 운도가 치를 떨었다.

그러나 지금의 상황에서는 어쩔 수가 없다.

"다음에 하자!"

눈치를 보는 악검패에게 신경질적으로 소리친 운도가 미친 듯인 더 깊은 숲속으로 달려들어 갔다.

"저 미련한 놈."

묘화를 등에 업고 터벅터벅 걷던 악검패가 뒤를 돌아보고 혀를 찼다.

묘화를 그에게 맡긴 마풍산이 기어이 제가 잡아서 끌고 오던 멧돼지를 찾아내 다시 끌고 오느라고 낑낑거리고 있었던 것이다.

성치 않은 몸으로 저 짓을 하고 있으니 정말 집요한 놈이라고 생각하지 않을 수 없다.

덩치에 어울리게 마풍산은 먹을 것에 대한 욕심이 과하다 싶을 만큼 많았다.

그런 사정을 알기에 운도는 그를 힐끔 돌아보기만 했을 뿐 아무 말도 하지 않았다.

"위험했다. 그렇지 않아?"

악검패가 진저리를 치며 물었다.

"음."

운도는 건성으로 대답했을 뿐 다른 생각에 빠져 있었다.

'내가 과연 그자를 이길 수 있을까?'

표사군의 차가운 얼굴을 떠올리면 언제나 가슴 한구석이 서늘해진다.

오늘의 싸움에서 간신히 이길 수 있었던 건 처음으로 쾌도왕의 쾌도 절기를 몽둥이로 펼쳐 보였기 때문일 것이다.

다음에도 그게 통할 수 있을지는 이제 장담할 수 없다.

'그놈은 대체 어디에서 그와 같은 솜씨를 배운 것일까?

표사군의 회초리는 채찍을 대신한 게 틀림없었다.

그렇다면 그는 누군가에게서 절세적인 편법(鞭法) 절기를 배운 게 틀림없다.

강호에 편법으로 이름난 고수들은 많았지만 운도가 아는 자는 한 명도 없었다.

만약 표사군의 손에 철편이 들리고 제가 칼을 들었다고 했을 때, 목숨을 걸고 싸운다면 지금으로서는 그를 이길 수 없을 것이라는 생각을 했다.

두려움이 왈칵 밀려든다.

개울가에서 멧돼지 한 마리가 통째로 해체되고 있는 중이었다.

마풍산은 제가 언제 부상을 입었냐는 듯 멀쩡해진 모습으로 열심히 그것의 가죽을 벗겨내고 있었다.

손이 온통 피범벅이 되었지만 개의치 않는다.

비릿한 피 냄새와 생고기에서 나는 특유의 냉랭한 냄새가 역겨우련만 묘화는 마풍산 곁에 턱을 괴고 앉아 군침을 삼키고 있다.

운도는 젖은 바위에 등을 기댄 채 제 무릎을 안고 앉아 멍하니 어두운 허공을 바라보며 말이 없었고, 악검패는 개울을 마주하고 앉아 좌선에 든 거처럼 미동도 하지 않고 있었다.

"소용없는 짓을 하고 있다."

운도가 돌아보지도 않은 채 말했고, 그 즉시 악검패의 투덜거림이 들려왔다.

"제기랄, 아무리 해도 내공이 모이질 않아. 다 틀렸나 보다."

"내공은 뭐 하게?"

그 말에 마풍산이 돌아보고 뚱하게 묻는다.

악검패가 신경질적으로 일어서며 소리쳤다.

"나에게 내공만 그대로 남아 있었다면 그놈들은 벌써 죄다 내 검에 찔려 죽었을 거다!"

"흐흐―"

마풍산이 낮게 웃고 외면했다.

운도도 희미하게 웃음을 띤 채 몸을 일으켜 앉았다.

"너는 내공에 꽤나 자신이 있는 모양이구나?"

"흥, 장담하긴대 내 검에 사문의 신공을 실어 펼칠 수만 있다면 너도 십 초를 견디지 못할걸?"

목검을 휘둘러 허공에 붕붕 하는 바람 소리를 퍼뜨렸다.

"네가 내공을 되찾는다면 그들도 그렇게 할 수 있겠지. 그러면 과연 지금과 달라질까?"

표사군은 지금보다 열 배는 더 끔찍한 놈이 될 것이고, 염필도 또한 열 배는 더 무지막지한 놈이 될 것이다.

운도의 말에 악검패가 악을 썼다.

"개소리! 나의 내공 화후가 어떤 건지 네가 쥐뿔도 모르기 때문에 하는 헛소리다! 어떤 놈도 나를 이길 수 없어!"

인정하기 싫은 것이다.

살고 싶은 것이다.

그리고 무엇보다 날이 갈수록 더 불안해지고 있는 것이다. 그래서 초조해한다.

운도는 악검패의 사문이 어디인지, 누구에게서 배웠는지, 어느 경지에까지 올랐는지 일체 묻지 않았다.

그건 누구나 마찬가지였다.

아무도 누구의 과거에 대해서 알려 하지 않았고, 알려줄 마음도 없었다.

"나는 반드시 이곳에서 살아 나갈 테다. 여기서 나가는 사람은 나여야 해."

악검패의 말에는 어느덧 지독한 독기와 고집이 가득 들어 있었다.

그를 물끄러미 바라보던 운도가 불쑥 물었다.

"왜?"

"천하제일의 무공을 배워야 하고, 그래서 천하제일의 대마존이 되어야 하니까. 그래야 내 한을 풀 수 있을 테니까."

"천하제일의 마존이라고?"

"흐흐흐, 그렇다. 그들은 나에게 약속했다. 이곳에서 살아 나온다면 천마비동을 열어주겠노라고."

"천마비동?"

운도는 처음 들어보는 말이었다. 어리둥절해졌다.

저쪽에서 고깃점을 떼어 맛을 보던 마풍산이 시큰둥하게 말했다.

"그 소리는 나한테도 했다. 그들이 너에게만 특별히 기대를 걸고 있는 게 아니니까 꿈 깨라."

"시끄러워!"

여전히 신경질적인 반응을 하는 악검패의 눈에 살기가 감돌았다.

그가 휙, 운도를 돌아보더니 다시 소리쳤다.

"언젠가는 너도 내 손에 죽어줘야 할 것이다!"

"뭐라고?"

"흥, 네가 나를 죽이기 전에 먼저 내 손에 죽게 될 거란 말이다!"

"어째서 내가 너를 죽일 거라고 생각하는 거냐?"

"호호호, 다 아는 일을 가지고 어설프게 시치미를 뗄 셈이냐?"

악검패의 그 말에 마풍산이 하던 일을 멈추고 운도를 바라보았고, 묘화도 고개를 들어 그를 빤히 바라보았다.

그들의 얼굴에 문득 근심과 두려움이 떠올랐다.

악검패가 목검을 들어 운도를 가리키며 스산하게 말했다.

"너도 천마비동에 들어가기 위해 이곳에 왔을 것 아니냐? 그곳에 들어갈 수 있는 가능성이 일 할만 있어도 누구나 목숨을 걸 것이다."

운도가 잔뜩 낯을 찌푸렸다.

천마비동이라는 말은 처음 들어보았던 것이다.

눈치를 보니 마풍산도 알고 있는 것 같고 묘화도 그런 것 같 았다.

'그렇다면 나만 모르고 있었단 말인가? 어째서?'

어째서 상왕 황준보와 추노는 저에게 그런 말을 한마디도 해주지 않았던 건지 의아해졌다. 쾌도왕도 그렇다.

이곳에 와 있는 자들은 강요에 의해서가 아니라 스스로 선택했다.

그렇다면 홍안적성에서 그들에게 무언가 대단한 미끼를 던졌을 게 틀림없다. 그것이 천마비동이라는 곳인 모양이다.

그러나 운도에게는 아무런 말도 해주지 않았고, 운도는 다만 자신의 비밀을 알기 원했을 뿐이었다.

"나는 아무래도 좋아. 천마비동이 뭔지도 모르거니와, 그곳에 들어가지 못해도 좋다."

운도의 말에 악검패가 의아해했다.

"천마비동에 관심이 없다고?"

세상에 그런 인간도 다 있느냐는 듯 운도를 바라본다.

第十二章
천마비동(天魔秘洞)

마룡의
후예

"어떻습니까?"

음침한 음성으로 묻는 자는 흑의장한이었다.

퍼붓듯이 쏟아지던 그 지독한 폭우는 어느덧 멎어 있었다.

아직도 하늘에는 짙은 먹구름이 끼어 밤처럼 어두컴컴했고, 바람마저 낮게 가라앉아 멈추어 버린 날이다.

구름처럼 비안개가 자욱하게 끼어 있는 숲속에 몇 사람이 우뚝 서 있었다.

그들이 바라보고 있는 곳은 안개가 꿈틀거리고 있는 개울가였다.

거기 네 사람이 둘러앉아 고깃점을 뜯어먹기에 여념이 없었다.

땅도 나무도 물에 잠겼던 것처럼 젖어버렸으니 불을 피울 수 없었으리라.

그래서 멧돼지를 찢고 생살을 뜯어먹느라고 얼굴이며 손이 온통 비릿한 피로 범벅이 되어 있었다.

그 꼴을 하고서도 아귀처럼 고기를 탐하고 있는 그들의 모습은 지옥의 야차 그대로였다.

굶주려 있는 흉포한 짐승들이다.

그 끔찍하고 징그러운 모습에 절로 눈살을 찌푸리게 된다.

하지만 그건 생존을 위한 그들만의 처절한 몸부림이기도 했다.

누가 이곳에서 그런 그들을 비웃거나 욕할 수 있을 것인가. 혐오할 수 있을 것인가.

그들은 운도와 악검패, 마풍산, 그리고 묘화였다.

그리고 눈살을 찌푸린 채 그들을 훔쳐보고 있는 자들은 이 지옥에 와 있는 무리와는 또 다른 자들이었다.

흑의장한이 다시 물었다.

"아직 드러나지 않은 걸까요?"

곁에 있던 노인이 고개를 끄덕였다.

바로 운도를 이곳으로 밀어 떨어뜨린 그 말없는 흑의노인, 추노였다.

그의 눈은 처음부터 지금까지 오직 단운도에게 고정되어 있었다.

또 다른 흑의장한이 고개를 갸웃거리더니 말했다.

턱석부리의 위맹하게 생긴 자였다.

"표사군과의 싸움에서 그는 분명히 쾌도왕의 솜씨를 보여 주었습니다. 제가 잘못 본 것일까요?"

"그렇지 않다."

흑의노인 추노가 비로소 입을 열었다.

"그에게는 쾌도왕뿐 아니라 장왕의 절기도 전해졌지."

"대체 저놈이 어떤 놈이기에 그분들께서 그토록 총애했단 말입니까?"

턱석부리장한이 고개를 갸우뚱거렸다.

처음 물었던 음침한 인상의 흑의인도 알 수 없다는 얼굴로 노인을 바라본다.

추노가 들릴 듯 말 듯 낮게 말했다.

"두고 보면 알게 되겠지."

"그런데, 만약 저놈이 이곳에서 죽는다면……"

턱석부리장한의 말에 추노의 얼굴이 문득 어두워졌다.

잠시 생각하던 그가 한숨을 쉬었다.

"그게 그의 운명이라면 할 수 없는 일이지."

"저 아이가 비록 십대천마 중 두 분의 무공을 배웠다고 해도 본연의 힘만으로 싸워야 한다면…… 속하가 보기에 그는 절대로 표사군의 상대가 되지 못하고, 염필도를 상대하기에도 벅찰 것입니다. 아무리 봐도 심성의 악랄함과 독기가 그들만 못한 것 같기 때문이지요. 그렇다면 결과는 뻔하지 않을까요?"

그 말에 추노가 신경질적으로 턱석부리장한을 바라보았다.

장한이 즉시 어깨를 움츠린다.

"나는 그분들의 선택이 잘못되었다고 믿지 않는다."

단호한 말이다.

두 장한은 아무 소리도 하지 못했다. 고개를 숙여 승복한다는 의사를 비치고 입을 닫았다.

"쾌도왕과 장왕이 있고 상왕마저 막대한 피해를 감수하면서까지 그에게 패를 던졌다. 거기에는 그만한 이유가 틀림없이 있을 거야. 귀염후도 그랬지."

그 말은 누구에게도 아니라 추노가 자기 자신을 안심시키려고 하는 중얼거림 같았다.

마교의 십대천마들 중 반수에 가까운 네 명이 단운도에게 기대를 걸었다는 건 누구도 믿지 못할 일이다.

그러나 세상에서 그런 사실을 제대로 알고 있는 사람은 본인들 외에 지금 이곳에 서 있는 추노뿐이었다.

추노는 상왕 황준보가 적극 개입해서 자신을 이곳, 홍안적성에서 지옥곡이라고 부르는 이곳의 곡주로 천거한 이유를 잘 알고 있었다.

단운도를 지켜보라는 것이고, 그것은 곧 그가 이 지옥에서 살아 나오도록 암중의 도움을 베풀어주라는 뜻이었다.

'그러나……'

추노의 얼굴에 그늘이 드리웠다.

'우리는 강하고 독한 자를 원할 뿐이다. 그런 자라야 우리의 한을 풀어줄 수 있을 것이기 때문이다.'

그자가 단운도가 된다면 더없이 좋을 것이다.

하지만 다른 자가 된다고 해도 상관없는 일 아닌가.

추노는 생각했다.

아무리 그동안 주인으로 모시며 충성을 다 바쳤던 상왕이라고 해도 그보다는 홍안적성의 과업이 더 크고 중요하다는 걸.

'그러나……'

그럼에도 자꾸 망설이게 되는 건 그동안 모셔온 상왕 황준보에 대한 지극한 마음 때문이었다.

추노가 묵묵히 돌아섰다.

바람처럼 빠르고 소리없이 숲을 떠난다.

서로 마주 본 두 흑의장한이 고개를 갸웃거리고 서둘러 추노의 뒤를 따랐다.

*　　　*　　　*

귀림(鬼林)이라고 부르는 그 숲은 가시나무와 덩굴들로 뒤덮여 있어서 좀체 파고들어 가기가 쉽지 않은 곳이다.

가끔 표범이며 토끼가 오가고 멧돼지들만 출몰할 뿐, 사람의 기척이 없는 그곳에 운도는 새 근거지를 만들었다.

귀림의 중앙, 연못이 있는 개활지까지 파고들어 가기 위해 사흘이나 고된 노역을 해야 했는데 그때 가장 도움이 된 것은 역시 힘이 넘쳐 나는 마풍산이었다.

어찌 된 게 그는 이 지옥에 들어온 이후 한 번도 싸워본 적이 없다고 했다.

대체 왜 이곳에 왔는지조차 의심스러워질 수밖에 없다.

그와 지난 여섯 달을 지내면서 운도는 마풍산이 어떤 놈인지 이제는 잘 알게 되었다.

그는 자신들과 다른 부류였다.

마풍산에게는 오직 하나의 관심이 있을 뿐이었다.

먹는 것이다.

다른 어떤 것에도 그는 관심을 두지 않았다.

그래서 그는 언제나 먹잇감을 찾아 온 숲을 뒤지고 다녔다. 그리고 빈손으로 돌아오는 적이 없었다.

송아지만 한 멧돼지도 그의 힘을 당하지 못했고, 아무리 날렵하게 달아나는 사슴일지라도 그의 힘찬 돌팔매질에서 벗어나지 못했던 것이다.

그렇게 먹이가 될 짐승을 잡아 끌고 돌아올 때면 마풍산은 이곳이 어떤 곳인지도 잊은 듯 만족과 기쁨으로 가득해져 있었다.

먹을 걸 찾고 그것을 확보하는 데에 천부적인 재능이 있는 자.

그러므로 그는 굳이 이 지옥이 아니라 어디에 떨어뜨려 놓든 살아남을 수 있는 자였다.

때리면 맞았고, 때로는 죽음에 이르도록 지독한 상처를 입기도 했지만 그는 절대로 맞서 싸우려고 하지 않았다.

미련한 짐승처럼 제 몸에 떨어지는 몽둥이와 돌도끼와 가시

방망이를 온몸으로 받아내며 그저 죽을힘을 다해 뚫고 달아날 뿐이다.

그러므로 어쩌면 이 지옥에서 제일 먼저 맞아 죽었어야 할 자가 바로 그인지도 모른다.

하지만 마풍산은 죽지 않았다.

이제는 운도뿐만 아니라 악검패도 그가 이곳에서 누구보다 가장 오래, 가장 끈질기게 살아남을 자일 것이라고 생각했다.

지독하게 질긴 생명력을 지니고 있는 자이기 때문이다.

그 놀라운 회복력은 믿을 수 없을 만큼 굉장한 그의 특이한 능력이기도 했다.

아무리 극심한 부상을 입었어도 그는 죽지 않았다.

아니, 죽지 않는 한 그 어떤 부상에서도 거뜬히 회복된다.

회복하는 시간의 차이가 있을 뿐, 멀쩡하게 일어서는 데에는 아무런 차이가 없었던 것이다.

그건 알 수 없는 일이었다. 어쩌면 그가 천부적으로 타고난 능력인지도 모르고, 어떤 기연이 있어서 그런 능력을 갖게 된 건지도 모른다.

그리고 그는 순박했다. 늘 푸근해 보이는 웃음을 흘렸고, 그런 인상과 걸맞게 누구와 싸우거나 다툴 줄을 몰랐다.

관심이 없는 것이리라.

식탐을 빼고는 다른 욕심이 없는 거라고 해도 좋을 것이다.

그래서 좀 모자란 놈처럼 보이기도 했다.

그는 차라리 세상에 있으면서 타고난 힘으로 벌어먹고 사는 게 훨씬 행복했을 것이다.

그런데 세상을 등지고 이곳에 와서 저렇게 고생을 하고 있다.

그 마풍산이 앞장서서 가시나무와 덩굴들을 헤치며 한 가닥 좁은 길을 냈다.

운도와 악검패가 거들었지만 시늉만 냈다고 해도 좋을 만큼 마풍산 혼자서 그 일을 다 한 것이다.

가시에 긁혀 온몸에 피를 철철 흘리면서도 그는 벙긋벙긋 웃었다.

일을 한다는 것 자체가 즐겁기만 한 것이다.

"저런 놈은 처음 본다니까. 대체 무엇 때문에 이곳에 왔담. 쯧쯧―"

그런 마풍산을 보면서 악검패가 못마땅한 듯 혀를 찼다.

이곳에서 가장 중요한 건 잔혹하고 무정한 심성이다.

그런 점에서 마풍산은 아무짝에도 쓸모없는 인간이었다.

운도와 악검패가 지켜주지 않았더라면 그는 벌써 열 번도 더 죽었을지 모른다.

먹을 걸 가져다주고, 저렇게 일을 하는 것 외에는 도대체 할 줄 아는 게 없는 자이기 때문이다.

하지만 운도는 그게 마풍산이 반드시 필요한 이유라는 걸 잘 알고 있었다.

마풍산 덕분에 한 번도 먹을 걸 걱정해 본 적이 없지 않은가.

모든 힘과 노력과 정신을 오직 침입자들과 맞서 싸우는 데
에 쏟을 수 있었던 것이다.

그러므로 마풍산은 제가 꼭 필요한 곳에 박혀 있는 셈이었
다.

악검패도 그런 사실을 잘 알기에 겉으로는 늘 핀잔을 주고
구박했지만 누구보다 마풍산의 안전을 지켜주기 위해 애썼다.

그리고 묘화.

그 작은 계집애는…….

운도가 쯧, 하고 혀를 찼다.

묘화는 도대체 아무 쓸모도 없는 군식구에 불과했던 것이
다.

무엇 하나 제대로 할 줄 아는 게 없고, 그렇다고 고분고분하
지도 않았다.

툭하면 훌쩍거리고 울어서 신경을 거슬리게 하거나, 산고양
이처럼 앙칼지게 대들기 일쑤였다.

게다가 이곳에 있는 그 누구보다 지독하고 섬뜩할 만큼 잔
인한 심성을 지닌 작은 악녀로 변해가고 있었다.

때로는 광기에 사로잡혀 미친 듯 보였는데, 그럴 때면 등줄
기에 소름이 돋을 지경이었다.

그럼에도 불구하고 운도는 그녀를 지켜주어야 한다는 걸 하
나의 운명으로 받아들이고 있었다.

처음 이곳에 떨어져서 그녀를 만났을 때부터 느꼈던 감정이
다.

얼마나 애처롭고 안타까웠던가.

품 안으로 뛰어들어 떨고 있는 겁먹은 작은 토끼처럼 자신이 보호해 주지 않으면 안 될 것 같은 사명감마저 느꼈다.

그리고 지금까지, 비록 묘화에 대한 감정은 많이 달라져 있었지만, 운도는 충실하게 최선을 다해서 저와 그녀를 지켜왔다.

묘화는 들꽃을 꺾으며 연못가를 뛰어다니고 있었다.

그럴 때의 그녀는 여전히 사랑스럽고 귀엽기 짝이 없는 작은 소녀였다.

날이 갈수록 몸매가 살아나고 얼굴이 활짝 펴져서 꽃보다 아름다워지고 있다.

그러나 그 작은 가슴속에 감추고 있는 것이 끔찍한 광기라는 것을 이제는 운도도 잘 알고 악검패도 잘 알았다.

그래서 그들은 묘화를 꺼림칙하게 여겼다. 그러나 마풍산만은 그렇지 않았다.

그녀가 뭐라고 소리치고 심술을 부려도 그저 히히, 웃으며 다 받아주고 다독거려 주었던 것이다.

아마 그녀의 오빠가 아직 살아 있다고 해도 마풍산보다 그녀를 더 잘 돌보아주지는 못할 것이다.

귀림 복판의 작은 연못가에 오두막집이 세워졌다.

크고 작은 나뭇가지를 얼기설기 엮고 돌을 쌓아 만든 오두막집이지만 모두에게는 이 세상의 그 어떤 고루거각보다 아름

답고 황홀한 것이기만 했다.

　이곳에 온 이후 처음으로 집이라는 걸, 그것도 저희들의 손으로 만들어 가졌기 때문이다.

　가시나무와 덩굴들로 둘러싸인 겉과는 달리 귀림의 중앙은 우거진 숲과 향기로운 풀들이 가득한 아늑한 곳이었다.

　가시나무와 그물처럼 무성하게 뒤덮인 덩굴들이 천연의 방벽 역할을 했으므로 그 어디보다 안전한 곳이기도 하다.

　그날 저녁, 연못가에 모닥불이 활활 타올랐다.

　그곳에 네 사람이 모여 조촐한 축하의 연회를 즐기고 있었다.

　먹을 걸 가져온 사람은 예외없이 마풍산이었다.

　그가 이번에는 돌팔매로 토끼와 꿩을 몇 마리 잡아왔던 것이다.

　그것을 손질하고 다듬은 건 묘화였다.

　처음으로 그녀가 모두를 위해서 무언가를 한 날이니 그것도 기념할 만했다.

　이것저것 따온 과일과 함께 향기로운 고기를 마음껏 먹고 나자 다들 나른한 평온감에 늘어질 수밖에 없었다.

　마풍산은 벌써 불가 풀밭에 누워 코를 골며 잠에 빠졌고, 제 무릎을 안고 앉아 꾸벅꾸벅 졸던 악검패도 기어이 옆으로 픽, 쓰러져 곯아떨어졌다.

　운도는 지그시 눈을 감고 따뜻한 불기운을 쬐며 앉아 있었다.

조는 것 같기도 하고 무언가 깊은 생각에 잠겨 있는 것 같기
도 했다.

그런 운도의 등에 살며시 와 닿는 부드러운 몸이 있었다.

"나는 오빠가 좋아."

귓가를 달구는 뜨거운 숨결.

운도가 흠칫 놀라 눈을 떴다.

묘화였다.

그 작은 계집애가 등에 달라붙어서 목덜미에 제 볼을 비비
고 있었다.

"무슨 소리냐?"

"처음 만났을 때를 기억해?"

바위틈에 짐승처럼 웅크리고 앉아 이 갑작스런 상황을 어떻
게 이해하고 받아들여 할지 몰라 당황하고 있을 때 그녀를 만
났다.

그 비를 고스란히 맞으며 서럽게 흐느껴 울던 작은 계집애.

운도가 천천히 고개를 끄덕였다.

묘화의 팔이 더욱 강하게 목을 감아온다.

"나도 그래. 평생 잊을 수 없을 거야. 나는 그때부터 오빠가
좋았어. 정말이야."

"쓸데없는 소리."

운도가 낮게 꾸짖었다.

마풍산이나 악검패가 깨어나는 게 두려웠다.

그럴수록 묘화는 더욱 운도의 목에 매달렸다.

등을 따뜻하게 하며 전해지는 그녀의 체온을 느낄 수밖에 없어서 운도는 흠칫 놀랐다.

"저리 가지 못해!"

꾸짖으며 떼어놓으려고 하지만 묘화는 더욱 집요하게 달라붙었다.

뜨거운 숨을 훅훅 뿜어내 목덜미를 간질이며 속삭인다.

"나를 죽일 거야?"

"뭐라고?"

"나는 오빠가 반드시 이곳을 빠져나가리라고 믿어. 오빠밖에는 그렇게 할 사람이 없어."

"……."

"하지만 그렇게 하려면 모두 죽여야 한다면서? 나도 죽일 거야? 저기 검패 오빠도? 풍산 오빠도? 다 죽일 거야?"

운도의 가슴이 먹먹해졌다.

새로운 사실이 아니다.

이미 모두가 알고 있는 일 아니던가.

어쩌면 저 무디고 둔한 마풍산이도 벌써부터 그런 생각을 하고 있었을지도 모른다.

악검패야 이미 제 속내를 드러냈으니 더 말할 것도 없다.

하지만 운도는 묘화가 이렇게 노골적으로 물어오자 대답할 수가 없었다.

"말해봐."

"나는……."

한참을 머뭇거리던 운도가 입술을 질끈 깨물었다.

"모두 데리고 나간다. 반드시 그렇게 하고 말 테다."

묘화가 기쁨으로 떠는 게 등을 통해 생생히 느껴졌다.

"어떻게? 어떻게 할 건데?"

훅훅, 뿜어지는 숨결과 떨리는 음성이 귀를 간지럽게 한다.

"나는 나와 함께한 사람들을 절대로 버리지 않을 거다. 약속하지. 어떤 일이 있어도 버리지 않는다."

이번에는 운도가 머뭇거리지 않고 단호하게 말했다.

태어나자마자 부모에게 버림을 받았고, 자라서는 사부에게 버림을 받았던 자기의 한 때문이었다.

저만은 그런 사람이 될 수 없다고, 그렇게 되지 않겠노라고 스스로 단단히 결심했다.

"고마워."

묘화가 그의 등에 얼굴을 묻었다.

한동안 가만히 있더니 다시 속삭인다.

"한 가지 부탁이 있어."

"말해봐."

"염필도 그놈을 꼭 내 손으로 죽일 수 있게 해줘. 그러면, 그러면……."

묘화가 머뭇거리는 게 생생히 느껴졌다.

결심한 듯 그녀가 이번에는 야무지게 말했다.

"나를 오빠에게 주겠어."

"뭐라고?"

운도가 깜짝 놀라 그녀를 돌아보았다. 어이가 없다.

"너 지금 대체 무슨 소리를 한 거냐?"

"나는 아직 어려. 하지만 조금 더 크면 무엇이든지 할 수 있을 거야, 오빠를 위해서."

갑자기 작은 계집애가 징그러워졌다.

"저리 비켜!"

운도가 매섭게 꾸짖고 그녀를 억지로 떼어놓으려고 했다.

그러나 묘화는 여전히 목에 두른 팔을 풀지 않았다. 필사적으로 매달리며 애원한다.

"그놈을 죽이게만 해주면 평생 오빠의 종이 되어줄게. 시키는 건 뭐든 다 할게. 정말이야. 내 목숨을 걸고 약속할 수 있어."

"허—"

조그만 계집애가 할 수 있는 말이라고는 믿을 수 없도록 당돌하고 엉뚱한 말이다.

운도는 기가 막혀 말이 나오지 않았다.

묘화는 더욱 간절했다.

"응? 그놈만 내 손으로 죽일 수 있게 해줘. 오빠는 할 수 있어."

운도가 할 수 없다는 듯 한숨을 쉬었다.

"때가 되면 그렇게 해주지. 하지만 네 한을 네 손으로 풀게 해주기 위해서일 뿐이다. 네가 지금 한 쓸데없는 말 따위는 다 잊어버려. 다시는 그런 말을 꺼내지도 마라. 그렇지 않으면 너를 떼어놓아 버리겠어.”

무서운 얼굴을 하고 으름장을 놓지만 묘화는 환하게 웃기만
했다.

“약속한 거다? 꼭이야? 꼭!”

비로소 운도의 목을 놓고 물러나 앉으며 다시 환하게 웃었
다.

“철없는 계집애 같으니, 쯧쯧…….”

묘화는 제가 무슨 말을 한 건지도 모른다고 생각했다.

그런 걸 알 만한 나이가 아니지 않은가.

운도가 혀를 차고 벌렁 누웠다. 묘화의 다리가 보인다.

“끙.”

매정하게 그녀를 등지고 돌아눕자 모닥불 저쪽에 누워 있던
마풍산을 마주 보게 되었다.

깊이 잠든 줄 알았는데 그는 깨어 있었던 모양이다. 운도를
빤히 바라보고 있었다. 그러다가 눈이 마주치자 급히 외면했
다.

*   *   *

천마비동(天魔秘洞).

악검패로부터 다시 그 말을 듣는 운도는 의아하기만 했다.

“대체 천마비동이 뭐지?”

운도의 물음에 악검패가 허공에 휘두르던 목검을 멈추고 돌

아보았다. 의아해한다.

"정말 모른단 말이냐?"

"말했잖아, 너에게서 처음 들었다고."

"그럼 너는 이 빌어먹을 곳에 왜 기어들어 온 거지?"

"내 신세에 얽힌 비밀을 알고 싶어서다."

"하―"

어이없다는 듯 악검패가 허공을 향해 더운 숨을 뿜어냈다.

"고작 네 신세 내력 때문이라고?"

"나에게는 그것보다 중요한 게 없다."

"네가 어떻게 태어났는지, 왜 이 꼴이 되었는지 그게 그렇게 중요하단 말이냐?"

"그걸 알아야 살아가는 목표를 세울 수 있을 테니까."

"바보냐?"

악검패가 경멸의 눈길을 던졌다.

"살아가는 데 목표 따위가 무슨 상관이야? 여기를 봐. 이곳 이 어디라고 생각하는 거지? 설마 훈장님이라도 좌정하고 있 는 서당쯤으로 생각하고 있는 건 아냐?"

"너는 네가 왜 살아야 하는지도 모르고 산단 말이냐?"

"쳇, 나는 복수를 위해서 산다. 그것만 달성하면 그만이야. 다른 건 어떻게 되어도 상관없다."

악검패의 눈에 원한과 독기가 이글거렸다.

운도는 그에게도 커다란 한이 있다는 걸 느꼈다.

천하제일고수 따위의 허황된 꿈을 좇아 이곳에 온 멍청한 놈이 아닌 것이다.

"네 한이란 어떤 거지?"

"원수를 갚는 거지. 부모님의 원수."

"알 만해."

운도가 머리를 끄덕였다. 악검패가 버럭 화를 낸다.

"알기는 네까짓 녀석이 뭘 알아?"

"네 부모님은 마교의 인물이었겠지. 마교가 중원을 떠날 때 따라가지 않고 머물러 있었을 것이다. 철저하게 신분을 감추었겠지. 하지만 결국 무림맹의 척살대에게 발각되어 죽임을 당한 거야. 그때 너는 어린 나이였겠지만 그 일을 잊을 수 없겠지."

"응?"

운도의 말을 듣고 있던 악검패가 눈을 휘둥그레 떴다.

"어떻게 알았지? 나는 한 번도 그런 얘기를 해준 적이 없는데?"

운도가 심각해진 얼굴을 끄덕였다.

"너만 그런 한을 지닌 게 아니다. 어쩌면 이곳에 들어와 있는 자들 대부분이 그런 한을 지니고 있을 거다."

운도는 그렇게 믿었다.

묘화의 사연도 그렇지 않았던가.

"그렇다면 너도 그중의 한 명이란 말이냐?"

"어쩌면……."

고개를 끄덕이는 운도의 표정이 어두웠다.

그는 자신도 어쩌면 마교와 연관이 되어 있는 건지도 모른다고 생각했다.

하지만 부모가 누구인지도 모르지 않는가.

젖먹이일 때부터 사부인 등 선생의 손에 의해 키워졌다고 하지 않았던가.

그걸 생각하면 의심이 들기도 했다.

'도대체 나는 누구란 말이냐?'

그런 답답함에 더욱 우울해졌다.

고개를 갸웃거리며 운도를 바라보던 악검패가 쳇, 하고 혀를 찼다.

"내 원한은 네가 생각하고 있는 것보다 훨씬 크고 깊다. 그렇지 않으면 미쳤다고 이 지옥에 스스로 걸어 들어왔겠어? 나는 반드시 천마비동에 들어가 절세의 신공절학을 익혀 천하제일의 고수가 되고 밀 테다."

"그래야만 할 만큼 네 원수는 무공이 강한 자인 모양이구나?"

그렇기 때문에 천하제일의 고수가 될 욕망에 제 목숨마저 내걸었을 것이다.

운도가 악검패의 처지를 동정하면서 다시 물었다.

"천마비동에 들어가기만 하면 천하제일고수가 될 수 있단 말이냐? 그걸 어떻게 알지?"

"너는 대체 아는 게 뭐냐?"

핀잔을 준 악검패가 한껏 근엄한 얼굴을 하고 말했다.

"절대천마 풍약헌이라는 분에 대해서는 들어보았겠지?"

"절대천마 풍약헌!"

뜻밖에 악검패에게서 그 이름을 듣자 운도는 놀라는 한편 가슴이 쿵쾅거리고 뛰었다.

이름을 듣는 것만으로도 저를 이처럼 흥분시킬 수 있는 사람은 이 넓은 천하에 오직 풍약헌 한 사람이 있을 뿐이라고 생각한다.

이어지는 악검패의 말이 운도의 귓속에 천둥소리처럼 울렸다.

"천마비동은 그분의 모든 것이 담겨 있는 곳이다. 아니, 마교로 불리는 홍안적성의 천 년 비밀이 숨겨져 있는 곳이지."

"아!"

"풍약헌 그분도 바로 이곳을 거쳐 천마비동에 들어갔던 사람이었다. 그리고 그곳을 나왔을 때 그는 천하제일인이 되어 있었지."

"뭐라고? 그게 사실이냐?"

운도의 눈이 커졌다.

악검패가 결연한 얼굴이 되어서 주먹을 불끈 쥐고 말했다.

"나는 그분에 이어 두 번째로 천마비동에 들어가는 사람이 되고 싶은 것이다. 반드시 그렇게 되고 말 테다."

"천마비동……."

악검패의 말이 사실이라면 그건 대단한 일이 아닐 수 없었다.

강호에 몸담고 있는 자들이라면 누구나 그 한마디 말에 제 목숨을 걸고 달려들 것이다.

아직 세상에는 그런 말이 한마디도 알려져 있지 않았다.

그래서 잠잠하지만 언제까지 비밀이 지켜질 수 있을 것인지는 알 수 없다.

'바로 그런 이유 때문에 그들은 이곳에 온 자들이 서로 싸워서 모두 죽고 한 명만 살아남기를 바라는 게 아닐까?

그런 생각이 불쑥 들었다.

생존 경쟁을 통해서 가장 지독하고 악착같으며 가장 근성이 뛰어난 자를 택해 자신들의 뜻을 이루려는 목적이 있을 것이다.

그러나 단지 그것을 위해서라면 다른 자들을 모두 죽여야 할 것까지는 없었다.

필요없는 자들을 모두 죽이는 건 그들에게 천마비동의 비밀을 이야기해 주고, 그것을 미끼로 하여 끌어들였기 때문일 것이다.

'단지 그 이유 때문이라면 너무 지독하다.'

운도는 이래서는 안 된다고 생각했다.

이곳을 관장하는 홍안적성의 무리들과 이름도 정체도 알지 못하는 마른 노인에 대한 노여움이 불처럼 일었다.

바로잡아야 한다.

그래서 다시는 이런 천인공노할 짓을 하지 못하도록 해야 한다.

‘그들을 만나야겠다.’

운도가 벌떡 일어섰다.

“어디 가려고?”

“알 것 없어. 마풍산과 함께 여기서 기다리고 있어라.”

이제는 자신의 애병(愛兵)이나 다름없게 된 물푸레나무 몽둥이마저 놔둔 채 성큼성큼 멀어지는 운도의 뒷모습을 멍하니 바라보던 악검패가 혀를 찼다.

“쯧, 대체 무슨 꿍꿍이속이람? 도대체 저놈은 무슨 생각을 하고 사는 건지 알 수가 없어.”

『마룡의 후예』 3권 끝

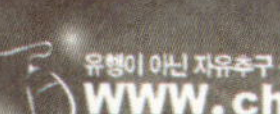

長虹貫日
장홍관일

월인 新무협 판타지 소설

세상은 언제나 정의가 승리하고,
그래서 사필귀정(事必歸正)이라고?

개소리!

세상은 나쁜 놈들이 지배하지.
그러나 그놈들은 아주 교활해서 절대로 나쁜 놈처럼 안 보이지.
현재 무림을 지배하고 있는 백도의 어떤 인간들처럼…….

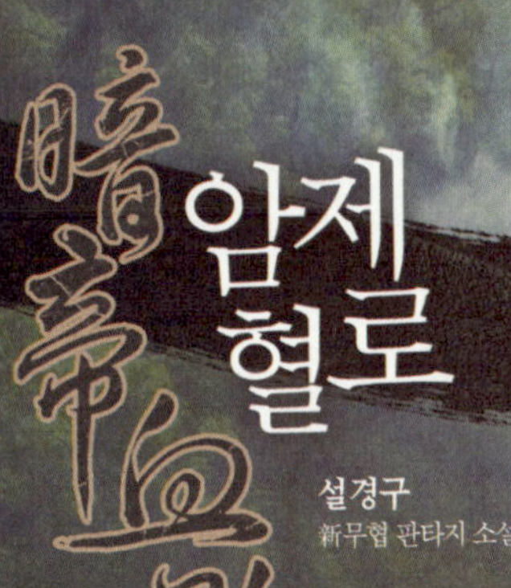